北原白秋

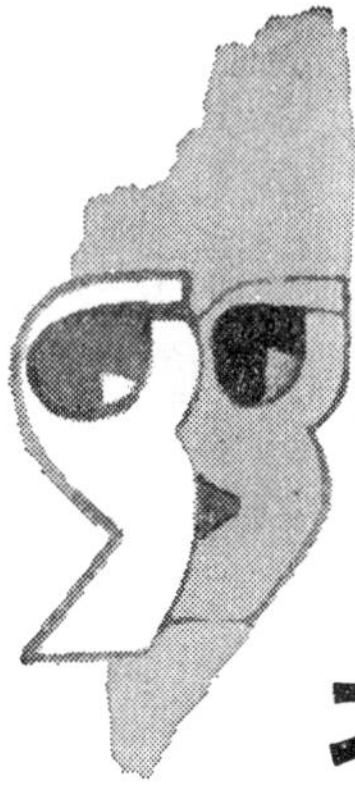

北原白秋

●人と作品●

恩田逸夫

Century Books　清水書院

序

大正時代の末、小学校の五、六年生のころであったと思うが、同級の友人の家で童謡の本を見せてもらったことがある。そのとき目にふれた「ほうほう螢。篠螢。」「水神様はまだ遠い。」ということばが、いまだに印象に残っている。雑誌『赤い鳥』などで童謡を読んではいたが、童謡だけで一冊の本になっているのを初めて見たことであるし、子ども心にも作品の味わいにひかれたらしく、「ほうほう螢」ということばが脳裏の隅に刻まれたのであろう。これが、白秋を意識した最初であるが、今にして思えば、「螢」は水郷柳河の風物で、詩集『思ひ出』その他、白秋文学の主要な題材である。

次に、旧制高等学校のころは、校内の短歌会に出席していたので、文庫本で白秋自選歌集『花樫』や、当時新刊の添削実例『鏆《かなしき》』を読んだりした。この短歌会の実作上の傾向は写実が中心であったが、自分としては、よくわからぬながらも、ローマン的傾向にひかれる点もあって、白秋へも接近していたように思われる。昭和十六年以降の兵役期間も腰折れをノートに書きつけてはいたが、歌書に接する機会はほとんどなかった。ところが、終戦の翌年中支から復員してくると、焼野原の東京ではあったが、これからは本が読めるぞという気持ちで集め始めた蔵書のなかに、『真珠抄』や『海豹と雲』があり、戦時中刊行の八巻本の『白秋詩歌集』や『水の構図』などが見いだされるのは、やはり白秋への関心がはたらいていたからであろう。

そのころ、宮沢賢治の作品に興味を持って調べていると、彼が白秋から大きな影響を受けていることを知り、両者の文学に共通の思想を見いだしたりしたので、「宮沢賢治における白秋の投影」という文章を発表したこともあった。いずれ、白秋についてまとめてみたいと考えていたので、本叢書監修の福田清人教授から二、三の作家を挙げて執筆のおすすめを受けたとき、さっそくそのなかの白秋を選ばせていただいた。

本書は作家論としての「生涯」編と、作品論としての「作品と解説」編の二部から成る。前者では生活史の推移を中軸とし、これに制作史の展開を密接に連係させることによって、詩人・歌人としての生涯を具体的にしようとつとめた。このため、なるべく多くの作品を引用して文学活動の実際にふれることができるように配慮した。次に作品論では詩を中心として、制作史的に考察したが、ここでは多くの作品を挙げることよりも、詩業の本質的性格を掘り下げることに意を用いた。このため、たとえば三崎時代の『印度更紗』や『雲母集』などについては、かなりの量の紙面を費している。第一編・第二編の、生活史と制作史との両面によって、豊かな生命力の躍動する白秋文学の特色を解明することができたら幸いである。

執筆の機会を与えられた福田教授、本文中の写真その他の資料を快く貸与された北原菊子夫人、隆太郎氏、本になるまで直接お世話になった清水書院の方々、とくに、怠惰なわたくしを激励してくださった辰野一郎氏など、以上のご教示ご協力に対し、厚く感謝の意を表したい。

昭和四十四年五月

恩田逸夫

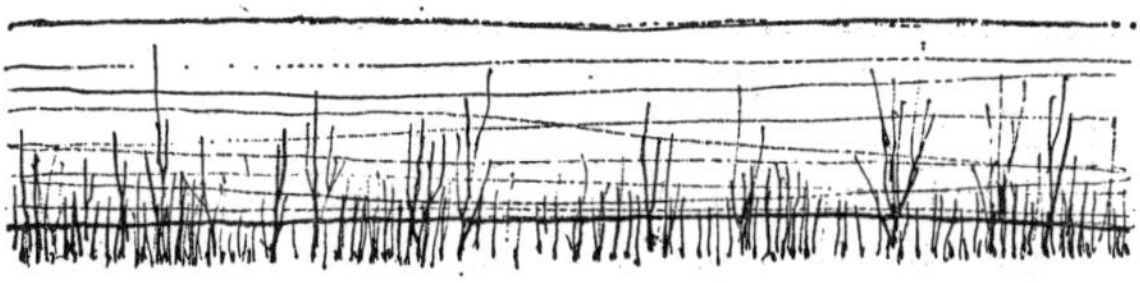

目　次

第一編　北原白秋の生涯

郷　土……八
上　京……二三
青　春……四〇
遍　歴……五四
拡　充……七四
豊　熟……九四

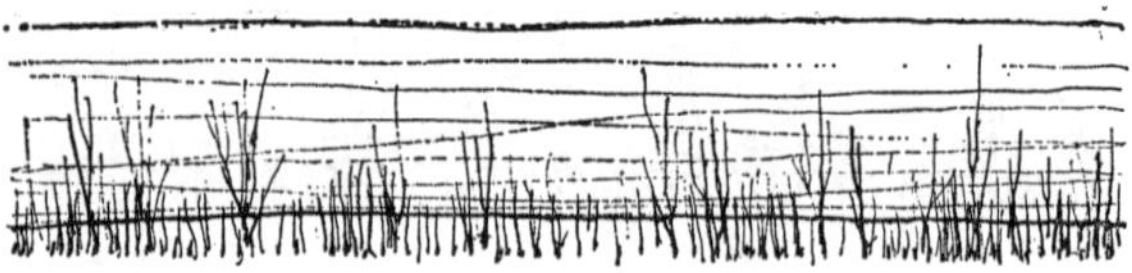

第二編　作品と解説

白秋文学の特色……一一三
象徴詩の新領域……一二六
柳河と東京……一三四
日光と落葉松……一六〇
総合的詩境……一八四
白秋短歌の輪郭……一九四
年　譜……二一六
参考文献……二二〇
さくいん……二二三

第一編　北原白秋の生涯

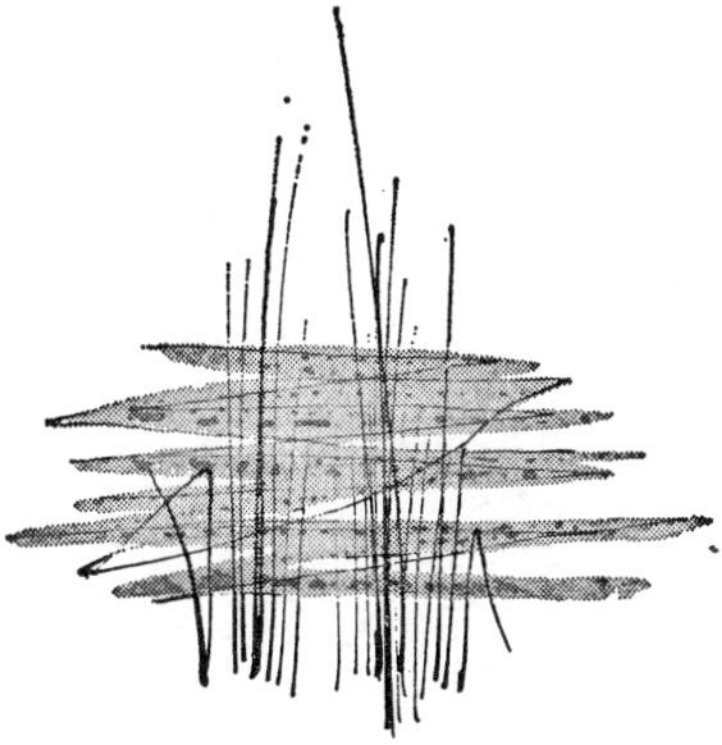

郷土

詩人の風土

人はだれでも風土という生活環境の影響を受けずにはいない。感じやすい幼少年時代を過ごした土地の自然や文化の特色は、その人の人間形成に大きくはたらきかける要因となる。白秋、北原隆吉とその郷土柳河（現在、柳川市）との関係も、人と風土の密接な結びつきを示すよい事例である。

白秋は、幼少時代の追憶を基調とする抒情小曲集『思ひ出』の巻頭に「わが生ひたち」という散文を収めている。その中で「私の郷里柳河は水郷である。さうして静かな廃市の一つである」と書き出して、以下この水郷のもつ南国的な風土性をきわめて生き生きと描写している。また、晩年、死の直前には写真集『水の構図』に序文を寄せて「水郷柳河こそは、わが生れの里である。この水の柳河こそは、我が詩歌の母体である」「この水の構図この地相にして、はじめて、我が体は生じ我が風は成つた」というように、白秋の身体を生んだ郷土が彼の詩歌を生み、ことにその作風を形成している点を強調している。白秋が柳河で生まれたことは偶然ではあるが、柳河が白秋という「詩人」を育てたことは偶然ではない。

柳河は周囲に広い平野を持った水郷である。久留米・熊本・佐賀に通ずる交通至便の地で、西南に有明海がひらけている。このような明るく開放的な地相は、温暖な気候とともに、快活な南国的風土性をつくりあげている。

柳河は城を三めぐり七めぐり水めぐらしぬ咲く花蓮《はちす》
街堀は柳しだるる両岸《もろぎし》を汲水場《くみづ》の水照《みでり》穏《おだ》に焼けつつ
水の街棹《さを》さし来れば夕雲や鳰《にほ》の浮巣のささ啼《な》きの声

と白秋がうたっているように、城あとを中心として数多くの水路が町を貫き、岸には柳が植えられ、水面には、蓮《はす》・菱《ひし》・河骨《こうほね》などが色とりどりの花をつけ、うす紫のウォータヒヤシンスの群落も見られる。鳰《にお》鳥が泳ぎ、夏には螢がとびかう。こういう自然景観を持つ柳河は、かつて立花藩十二万石の城下町として栄えたが、明治以降は鉄道幹線から離れたため、新時代の活気からはややとり残された感がある。静かな「廃市」の持つ懐古的情趣もまた、白秋の詩風の一要素となっている。

彼の生家は、柳河の西南に接する沖端《おきのはた》というところにあって、この地は直接、有明海に接している。六騎《ろっきゅ》ともよばれるが、それは、昔、平家の落武者六騎が定住して漁業をはじめ、部落のもといを開いたからだという。海に接して漁業や交易を中心とする活動的な生活は、城あとに近い地域の人々とは異なる気風をつくり出している。このことについて白秋は「海に近いだけ凡《すべ》ての習俗もより多く南国的な、怠惰《なま》けた規律《しまり》のない何となく投げやりなところがある。さうしてかの柳河のただ外面《うはべ》に取りすまして廃れた面紗《おもぎぬ》のかげに淫《みだ》らな秘密を匿《かく》してゐるのに比ぶれば、凡てが露《あらは》で、元気で、また華やかである」（「わが生ひたち」）と書いている。

柳河とともに白秋をつくりあげたもう一つの風土は母の実家のある熊本県玉名郡関外目村《ほかめ》（現在、南関《なんかん》町外目）で、彼はこの地を「第二の故郷」とよんで親しんでいる。

「私の第二の故郷は肥後の南関であった。南関は柳河より東五里、筑後境の物静かな山中の小市街である。その街の近郊外目の山あひに恰《あたか》も小さな城のやうに何時《いつ》も夕日の反照をうけて、たまたま旧道をゆく人の瞻仰《せんぎよう》の的となつた天守造りの真白な三層楼があつた。それが母の生れた家であつて、数代この近郷の尊敬と素朴な農人の信望をあつめた石井家の邸宅であった」（「わが生ひたち」）

このように、幼い白秋の魂は筑後の海と肥後の山とによってはぐくまれていったのである。

白秋の家系

白秋は、明治十八年（一八八五年）一月二十五日（戸籍上は二月）、福岡県山門《やまと》郡沖端《おきのはた》村大字沖端町五十五番地（現在、柳川市沖端町）に生まれた。本名は隆吉《りゆうきち》。父、長太郎（二十九歳）、母、しけ（二十五歳）の長男である。長太郎と先妻との間に豊太郎とかよの異母兄姉があったが豊太郎は八年前、生後間もなく病没したので、隆吉は戸籍上は次男であるが、長男として扱われた。彼の三歳上に異母姉かよ、二歳下に弟鉄雄、五歳下に妹ちか、八歳下に妹いゑ、十一歳下に弟義雄がいる。姉かよは酒造家に嫁し、ふたりの弟は出版界で活躍、いゑは白秋の親友、画家山本鼎《かなえ》に嫁した。ちかは書画・手芸などに巧みで芸術家的素質を持っていたようであるが、少女時代に他界している。

　北原家は、代々柳河藩御用達の大きな海産物問屋で、父の代になると酒造業を中心とした。油屋あるいは古問屋《ふっどいや》の屋号で呼ばれ、九州地方屈指の老舗《しにせ》であった。あざみやたんぽぽの生えた、古い土蔵造りの屋根の下に、渋い店格子をすかして、銘酒をみたした朱塗《しゅぬり》の樽がならび、同じ色の桝《ます》が置かれていたし、母屋《おもや》のうしろには十ばかりの酒倉が軒をならべ、酒造りの季節には大ぜいの男たちが働きにきた。水産物などの交易も盛んで、浜に出てみると、平土・五島・薩摩・天草・長崎あたりの船が生魚や塩魚や鯨、それに南瓜《ボウブラ》や西瓜《すいか》など、たまには鷲鳥や七面鳥まで積んできて絶えず取引きが行なわれていた。このように白秋の周辺は、多くの人々がいそがしく立ち働き、大ぜいの来客が出入りして、明るい活気にみちあふれていた。

　父は、若いころ色白で、でっぷり肥った体格であった。大家《たいけ》の主人らしく、出入りの人たちを一目で見渡せる茶の間で、唐金《からかね》の大きな火鉢を前にして一日中座っていた。弟、鉄雄が「幼きころ」（『回想の白秋』所収）のなかで、「出ぎらひのお山の大将で、非常に我儘《まま》で肝癪《かんしゃく》もちで頑固な親爺《おやじ》であつた。それでゐて気が

北原家の家系図

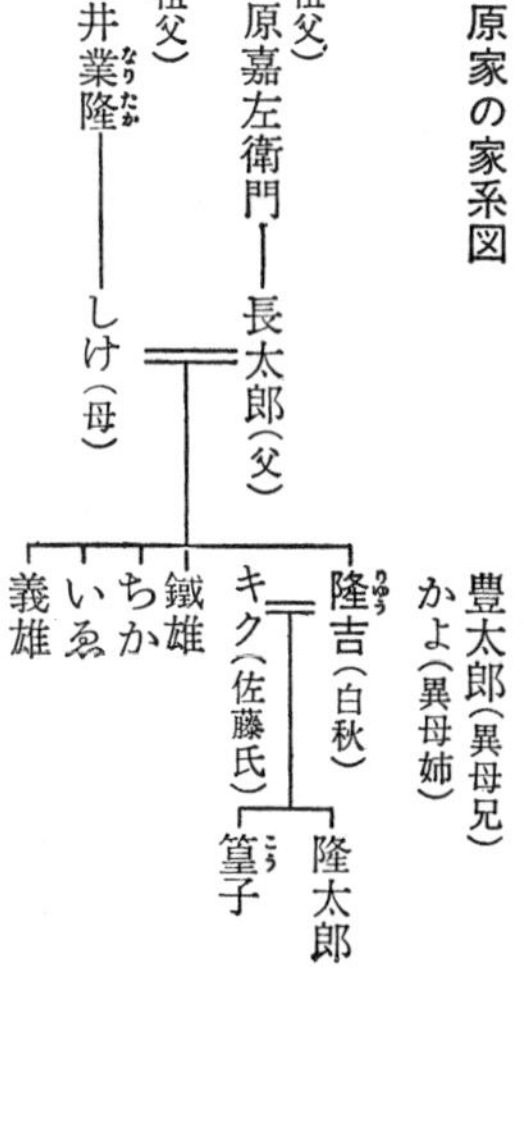

*（　）内は通称　かよ（加代）、キク（菊子）、いゑ（家子）

弱くて、よっぽど怒らなければ人に小言も云へない人であった。」「絶対の独裁者で父の前で頭の上る人は無かった」などと書いているのをみると、気むずかしく厳然としているのは大家の家長としての姿勢であって、性来は心根のやさしい人物の姿が浮かんでくる。彼は次々と新奇なものを好み、しかもその規模が雄大であった。一時に何百羽という鶏《にわとり》を飼い、新しい種類を次々と入れて楽しんでいるうち、野犬にやられてだんだん姿を消すと、家鴨《あひる》を飼いだし、次は豚ということになる。これらはいずれも純粋に楽しみの対象であって、実利が目的ではなかった。花壇には草花がみちあふれ、東京の種苗会社のカタログを見ては西洋種の苗や、球根をとりよせたり、朝顔を何百鉢も作ったり、蘭や万年青《おもと》にも熱を入れて、それを専門に世話をする男をやとうほどであった。こういう、わがままで、ぜいたくで、無邪気で純粋な点、明るい好奇心や豊かさの愛好など、一口にいって向日的で積極的な気質は、白秋にも受けつがれているようである。家庭でのだだっ子のような美食家ぶりや旧《ふる》きに執着せず、新奇を求めて気軽に住居を移す引越癖などにはどこかに父の気性と通う点がみとめられる。

一方、白秋の母は、夫に気に入るように仕え、子どもたちにやさしく接し、大ぜいの使用人の指図や来客の接待など、大世帯の主婦として家政をみごとに運営してゆく行き届いた婦人であった。白秋は数多くの作品で母に対する愛情をうたっている。このようなおだやかでしかもしっかりした母の性格は、彼女の生家の環境からつくられたものであろうか。柳河から二〇キロほどはなれた外目は静かな山の中の部落であり、石井家は広大な土地・山林を所有する地主階級であった。母の父、石井業隆《なりたか》は横井小楠の流れをくむ学究肌の人で多くの書物に親しみ、近隣からは老侯のように尊敬されていた。当時、土地の習慣上母は白秋を実家の石井家で出産し、隆吉という命名もこの祖父の名から一字もらったのである。幼少時代の白秋は好んで外目を訪れている。

母の里

たいていの幼い者にとって、母の実家へ行くことはうれしいものである。ふだん生活しているわが家から離れるのであるから、改まった新鮮な気持ちになるし、それでいて全くの他人の家へ行ったような心づかいも不要である。先方でも、親戚だという心易さで迎えてくれるし、それでいて幼いながらも来客扱いをしてくれる。彼は外目の山で松脂《まつやに》の匂いをかぎ、いもりの赤い腹を知り、玉虫の光りや毒きのこの鮮かな色を見た。冷たく透明な山林の大気は、海に近い暖かくうるんだ沖端の空気とはまた異なる味わいで、幼年時代の白秋の感官を刺激した。

夏休みには必ず外目の山を訪れた。外祖父は近隣の声望を集めていた人であるから、孫の彼は道で会う農家の人たちに、ていねいに会釈される小公子であった。馬に乗ったり、昆虫をとらえたりして遊びくらした。あるときは、ひとりで蚕室《さんしつ》にすわって、かすかな音をたてて桑をたべているかいこの眼のふちの薄茶色の模様を見ながら、子どもごころにも、なにか人生寂寥《せきりよう》の感を覚えたりした。熊本英学校出のいちばん年若な叔父《おじ》は、この蚕室で白秋を実験台にして催眠術をかけたり、夜はこの邸の天守造りの手すりに出て笛をふいたり、催眠術の返礼として、アラビアンナイトや西洋の童話を聞かせてくれたりした。外目の祖父の蔵書も白秋の文学趣味をつくる素地となっている。祖父は、雪の日の炉辺に、かわいい沖端の孫をひきよせて、なつかしそうにフランス式調練の小太鼓の旋律をうたって聞かせることはしても、孫にはまだ読書を許さなかった。しかし誘惑は強かった。「わが生ひたち」では次のように書いている。

「祖父の書架を飾った古い蘭書の黒皮表紙や広重や北斎乃至《ないし》草双紙《くさぞうし》の見かへしの渋い手触り、黄表紙、雨月物語、その他様々の稗史《はいし》、物語、探偵奇談、仏蘭西《フランス》革命小説、経国美談、三国志、西遊記等の珍書は羅曼的《ロマンチック》な児童の燃えたつ憧憬の情を嗾《そその》かして遂には、かの厳格な禁断を犯かさしむるに到った。」

ここには、白秋の感覚的な読書遍歴の一端が示されている。ともかく、外目は、柳河とはまた異なった強い力で彼の心情の形成に影響を与えているのである。

柳河の「びいどろ罎」

生まれた時の白秋は、きわめてひ弱な癇《かん》のつよい児《こ》であった。わずかな外風に当たっても、冷たい指さきに触れられただけでも、すぐ四十度近い高熱を出した。石井家では、壊れ物にさわるような気持ちで、だれもこわくて抱くことができず、柳河の「びいどろ罎《びん》」(ガラス罎)とあだなをつけた。柳河と外目を往来するにしても、人力車でなく、古めかしい女駕籠《かご》にしたほどであったが、それでも、ある時などは、着いてすぐ、駕籠の扉をあけて手から手へ渡されただけであおくなってひきつけてしまったという。ともかく、非常に神経の過敏な児であった。ところで、『新潮』の大正六年十二月号には「文壇諸家年譜」として、白秋の年譜が掲載されている。白秋の口述を記者が書き写したものらしいが、幼年時代の心理などについて、次のような驚くべき記録がある。たとえば、生まれた年の明治十八年の箇所には「夏、母と肥前小浜《こはま》に遊ぶ、白蝙蝠《かうもり》傘の記憶今猶《なほ》眼底にあり」と書いているし、二十二年（五歳）には「櫁柑《みかん》の味酸ゆかりし故、厭世観を起し、自殺せんとしたる事あり」、二十三年（六歳）では「雛祭りの日一つ年下なる某家の令嬢を恋す。この人知れぬ片恋二十歳迄続く」などとしるしている。生まれた年の記憶については、この印象が残っていることを話したところが、それなら小浜に滞在中に船で海を渡った時のことだということがわかり、おとなたちから大いに驚かれたという。

初恋については、「わが生ひたち」では「美しい小さなGonshan.忘れもせぬ七歳《ななつ》の日の水祭に初めてその児を見て」（ゴンシャンは令嬢の意）と書いていて、「新潮年譜」と一年ちがっているが、いずれにしても感じやすい幼年の心理がうかがわれる。このような幼年の記憶の断片は、だれの胸にも一つか二つは蔵されているはずであるが、それらの数々を意識的にとらえて、抒情小曲集『思ひ出』のような統一ある官能的世界を構築し、読者に共感を覚えさせている点に、白秋の詩業の卓抜さがみとめられると思う。

三歳のとき、弟鉄雄が生まれ、このチンカジョン（小さい坊ちゃん）に対して、白秋はトンカジョン（大きな坊ちゃん）とよばれた。柳河には、いわゆる南蛮紅毛文化の影響をしのばせるような外来語なまりらしいものと、土地在来のことばとが奇妙に入り混ってできた方言がある。白秋は、Tonka John, Gonshan などこのような柳河語を好んで作品のなかにとり入れて、郷土性や異国性に対する愛着を示している。たとえばビードロ（ガラス）ボーブラ（南瓜《かぼちゃ》）のように伝来のわかっていることばもあるが、ノスカイ屋（遊女屋）、ロンドン（花の名）、イクリ（果実の名）、ヨカラカジョン（善良な児）など由来もさだかでないが特殊な音感がエキゾチックな気分を与える語を好み、それを片カナやローマ字書きにしていっそう効果的に用いている。

　弟が生まれた年、白秋の乳母《うば》が死んだ。彼がはげしいチフスを病み、看護した彼女が感染したのである。母に抱かれて、彼は身代わりに死んだ乳母の棺《ひつぎ》の行くのを見た。こういう幼年の恐怖心も『思ひ出』の詩編の題材となっている。次にきた乳母とはいっしょに、よく外目へ出かけた。ともかく「びいどろ罎」はこわれずに、内気でおとなしい児として成長した。そして、一面ではトンカジョンとして、恵まれたぜいたくな雰囲気の中で、豊かな闊達《かったつ》な気性をもつくりあげていったようである。

小・中学校時代

小学生のころに通学した塾の人々。（前列左から4人めが白秋，右端は弟鉄雄，第二列右端は姉カヨ）。（明治27,8年頃）

　白秋は明治二十四年、七歳で矢留尋常《やどみじんじょう》小学校に入学した。彼の父方の祖父、嘉左衛門《かざえもん》は教育熱心な人で、明治六年に作新小学校の校舎を建て、それが矢留校にひきつがれたという。小学校へ通う道にはからたちの木があって、後年、この木への愛着の情を童謡「からたちの花」（大13・7『赤い鳥』）に託している。

からたちの花が咲いたよ。
白い白い花が咲いたよ。

からたちのとげはいたいよ。
青い青い針のとげだよ。

からたちは畑の垣根よ。
いつもいつもとほる道だよ。

（後略）

白い花、青い針、そして「まろいまろい金のたま」のような実をつける。季節の推移を色彩語でつらねた表現である。そのからたちを中心に「からたちのそばで泣いたよ。／みんなみんなやさしかったよ。」と清純な感傷をしみじみとうたっているのである。

明治二十八年三月には、四年間の尋常小学校を卒業して、四月に柳河高等小学校に入学した。「新潮年譜」から、このころの読書傾向を拾ってみると、小学校低学年で『竹取物語』『平家物語』を読み始め、日

伝習館4年生当時，弟鉄雄との記念写真。立っているのが白秋（明治35年）。

清戦争（明27〜28）がはじまってからは新聞を愛読し、雑誌『小国民』『少年世界』『太陽』に目を通し、十一歳で高等小学校へ進んだときには、「この年より西洋の魔法、奇談等を耽読す。常にアラビヤの貴公子の如き夢想に耽《ふけ》る」ようになった。そして翌年の暑中休暇が、前述の、外目での読書となり、「つねに天守閣の三層楼において、あらゆる日本の古典および近代の雑書・翻訳物などをひそかに翻読す。フランス革命物語にことに感激す。」としるしている。

当時の学制は、尋常小学校、高等小学校が各四年であったが、白秋は高等小学二年修了で柳河の県立中学校伝習館に入学した。明治三十年、十三歳の時である。二年級の初めの席順は二番であったが、三年に進むとき、幾何一科目が欠点で落第した。このころから文学に関心を持ちはじめ、島崎藤村の『若菜集』を愛読したり、文芸雑誌『文庫』に親しんだりした。叔父《おじ》石井道真が東京から送ってくれる新刊の詩歌書も刺激になったし、当時創刊された詩歌雑誌『明星』（明33・4創刊）にも注目した。三十四年の冬には友人と回覧雑誌を発行して詩歌の実作に熱中し、このころ、皆でそろって「白」の字をふくむ雅号をつけようということになり籤《くじ》で秋をひきあてて「白秋」ときめたということである。三十五年には『福岡日々新聞』に短歌を投稿した。西本秋夫氏の調査によれば紙上に掲載されたのは次のとおりで、「虹」と題する三十五年六月の短歌一首が公の場での詩歌の第一作ということになる。（西本秋夫著『北原白秋の研究』）

此儘《このまま》に空に消えむの我世ともかくてあれなの虹美しき（明35・6）
夕雲の黄や紫や濃紅や溶けて流れて水に澄みゆく（明35・9）
秋草の千花八千花夢まどかせめてしばしを覚まさざれ風（同右）
おぼろ舟おぼろの影の逆さまや舳《へ》に立つわれの水に消えにけり（明35・10）
水にそよぐ芦の枯葉のともずれに櫓の音さびたり夕下り舟（同右）

少年らしい、甘くロマンティックな叙情である。このころ、家族の状況としては、外目の祖父業隆の死（三十一年）、異母姉カヨが酒造業江崎家に嫁す（三十二年）、などのことがあったが、白秋一家の運命を一転させる大事件が起こった。三十四年三月末日、舟大工の工事場から発した沖端の大火で酒倉と新酒・古酒のことごとくが炎上焼失してしまったのである。周辺の水路に酒が流れこんで、小さい川魚は浮きあがり、酒の流れに口をつけて飲んだ人は泥酔した。白秋は、折から魚市場に荷上げされた黒砂糖の桶に腰をかけて、運び出された家財のなかに表紙もちぎれ、泥にまみれて、風にページを繰られている『若菜集』を茫然《ぼうぜん》と眺めていた。なおこの大火の年に妹チカが病死したのも悲しいできごとであった。その後、間もなく再建の大工事がはじめられ、以前に増して大きな酒倉が完成した。その高い白壁は、有明海から沖端に向かう船の目標ともなった。しかし火災による損害は回復されず、衰運の道をたどるようになった。また、母の実家も、祖父の没後、山林に手を出したり、名望家であることを政治屋に利用されたりして財産を傾け尽くし、広壮な邸宅も荒廃してしまった。

『文庫』の歌壇から詩壇へ

一方、白秋は文芸投稿誌『文庫』にも詠草を送ってみたところ、明治三十五年十月一日号に一首、

「ほの白ろ霞漂ふ薄月夜稚き野の花夢淡からむ」

が採用された。続いて十一月号には和歌欄のトップに十二首が、翌三十六年一月にも同じくトップに二十六首が掲載された。このように選者服部躬治《もとはる》の優遇を受けたことは文学への自信を深めてゆくことになったと思われる。ただし、学業の方はあまり身がはいらず、三十五年度の五年生の後半は神経衰弱と称して休学、阿蘇山麓の温泉に転地して過ごした。三十六年には五年級に復学したが、やはり学業からは遠ざかって文学に熱中した。校内で新聞『硯香《けんこう》』を発行したり、『文庫』への投稿も続けて相変らず多くの作品が選抜されていた。ところが、この歌壇に不満を覚え、作歌を中止するようなことが起こった。それは、三十六年九月十五日号に載った二十九首の短歌のうち、「神さびに香具女《かぐめ》耳梨《みみなし》並び立ち大和ほのぼの夜はあけにけり」の選評が原因である。この作品について選者の服部は、第二句を「畝火《うねび》耳梨」、第四句を「大和国原」と訂正

し、「『香具女』とは何ぞや。香具山は、女性にあらずして男性なり」として、橘千蔭が『万葉集略解』で香具山を女性としているのは誤りであるという見解を中心に、長文の批評を書いている。このことが白秋には衝撃であったらしく、十二月からは『文庫』の歌壇から離れて詩壇に移ってしまった。彼は後年、「大和三山の解に於て、略解の説をのみ知つて作歌したわたくしに対して、躬治氏が対等の口吻《ぶり》を以て痛烈に攻撃するところがあり、年少の中学生は茲《ここ》に唖然《あぜん》ともし、不満をも感じたので歌作を止め、詩作に転じ、また『文庫』詩壇に認めらるるに至った」(昭9、『白秋全集』第6巻、「後記」)と書いている。芸術家を自負する気鋭の少年には、先輩の学究的な見解に耳を傾ける余裕が持てなかったのであろう。

詩壇に移って以後、文学への情熱はいっそうかきたてられ、これが父にとっては心痛のたねであった。長男には家業を継がせようと考えていたらしいが、白秋はこれに反対して文学を主張して止まなかったのである。

金の酒をつくるは
かなしき父のおもひで
するどき歌をつくるは
その児の赤き哀歓

(「酒の黴」部分)

と、後年『思ひ出』のなかで、父と子とを対照させて描いている作品には、時を隔てているため、客観的な、ゆとりも感じられるが、当時としては、一家をあげての重要な問題であったはずで、父と子との間にはたびたびはげしい口論があったようである。結局、白秋は明治三十七年、卒業の直前に中学を退学し、上京を志した。もとより父の許すところではなかったが、母と弟とは白秋に同情して、ひそかに荷造りの準備などを手伝った。やがて脱出は成功し、早稲田大学英文科予科に入学し、東都での文学活動の新しい道にはいることになるのである。のち、第一詩集『邪宗門』の巻頭に「父上に献ぐ」として「父上、父上ははじめ望み給はざりしかども、児は遂にその生れたるところにあこがれて、わかき日をかくは歌ひつづけ候ひぬ。もはやもはや咎《とが》め給はざるべし。」としるしているのは、父の意に背いて文学の道を進んだことについて許しを乞う意味をふくめているし、第二詩集『思ひ出』の献辞に

「この小さき抒情小曲集をそのかみのあえかなりしわが母上と、

愛弟 Tinka John に贈る。

Tonka John.」

と書いているのは、年少時の文学熱に好意的であった母と弟に対する感謝の意をこめているのであろう。

上京

上京前後

明治三十七年の上京前後の文学活動は『文庫』の詩壇への投稿が中心で、選者は河井酔茗であった。この方面でも短歌の場合と同様、わずかな期間に頭角をあらわし、明治三十七年四月三日号では、彼の長編詩「林下の黙想」に対して、その号の詩壇全ページが提供されるという優遇を受けた。

楢《なら》、椎、櫟《くぬぎ》、白樫の
瑞枝《みつえ》緑葉日もささず、
青霧薫《かを》る夏草や、
苔うちしめる森の白日《ひる》、
気は静かなり、寂《せき》として、
一鳥啼《な》かず、露落ちず、
行けば玉笹径《みち》に鳴り、
茶の木、黒文字、灌《くわん》木の

清香《すずか》、朝明《あさけ》の星に似たり。

に始まる、四百行に近い作品で、あふれるような豊かな語彙《ごい》の点に、すでに彼の中心的詩風があらわれている。これは自殺した親友の墓前に捧げたもので、上京するわずか前の執筆である。「新潮年譜」では「三十七年日露戦争起こる。――三月、親友中島鎮夫露探の嫌疑を受け、遼陽戦捷《しょう》祝賀提燈《ちょうちん》行列の前夜自刃して死す。為に悲嘆哀愁の極学業を廃し、長編詩『林下の黙想』を作る」としるしている。この作品は、直接友人の身の上をうたっているわけではないが、後に『思ひ出』の中では

「あかき血しほはたんぽぽの／ゆめの逕《こみち》にしたたるや、／君がかなしき釣《つり》台は／ひとり入日にゆられゆく……」（「たんぽぽ」）

というように、友の自刃そのものについて、遺体が担架《たんか》で運ばれてくる様子を書いている。事件の当時はあまりに衝撃が強くて、そのこと自体を筆にすることはできず、時をへだててこの忘れがたい刺激的な印象を録したのであろう。

早大の同級生には若山牧水・土岐善麿・佐藤緑葉らがあり、三十七年夏には、牧水と牛込穴八幡下の清致館に同宿した。当時、射水と号し、若山牧水・中村蘇水とともに早稲田の三水と呼ばれたそうであるが、三人いっしょの写真があるので、親交があったと思われる。またこのころ、『文庫』の縁で、長田秀雄や人見東明らとも交わった。

この年には、『明星』（明37・10）にも投稿して、

いと高き恋と豪華《あで》なる歓喜《よろこび》に尽きず常《とこ》笑み驕《おご》る世ならば
たかぶりの眼にもくるしきあこがれの涙うるみてせちに燃えぬる
われ少女神にたがへる戦《いくさ》には雄々しく死なぬ人を恋ひける

をはじめ計六首を発表している。第三首目の「われ少女……」は当時日露交戦中（明37・2開戦）の作として注目される。なお、与謝野晶子の「あゝをとうとよ、君を泣く」に始まる非戦詩「君死に給ふことなかれ」が発表されたのは、この年の『明星』九月号であった。

早稲田で同級の三水。左から北原射水（そのころの筆名），中村蘇水，若山牧水。（明治37・10）

『文庫』派詩人

上京後、白秋の詩名を一時に高めたのは、『早稲田学報』の懸賞に応募した作品「全都覚醒賦《ふ》」が第一位で当選し、これが三十六年一月一日号の『文庫』に転載されたことである。上・下二部の構成で、上編は都の夜をうたい、下編は朝の目覚めをうたって、三百行に近い大作である。

いま日の神のいでましに、
光白駒、飛ぐるま
万《よろづ》の栄光《さかえ》、千千《ちぢ》の彩《あや》
百の照姫従へて、
しろ銀の輪の小軋《ぎしり》に、
雲は彩湧く時を載せ
まづほのしろむ黎明《しののめ》を、
天《そら》に薄るる星くづの
光の権者《ごんじゃ》、霊清く
地に蘇る音響の

（下編・部分）

というように七五調の定型詩で、雪に清められた朝の東京の神社、市場、魚河岸《がし》の情景を写し、都に乗り入れる汽車や工場の様子をとりあげたりするなど、題材の点で新しい味わいを示している。

続いて、三月には「春海夢路」、四月には「絵草紙店」をそれぞれ『文庫』に発表した。いずれも長編で、前者は燈台をうたい、後者では錦絵を売る店の三人の娘を濃厚な感覚で描いている。後に白秋は「美辞麗句時代の幼稚な詩篇ではあるが、ただ、長篇を遣る或る才分のみは新たに自らを発見せしめたものと思ふ」（昭6、『白秋全集』第4巻「後記」）と述べている。たしかに美辞麗句を羅列した気味はあるが、旺盛な筆力による豊かな表現力の点も彼のいうとおりで、恵まれた才能を感じさせる作品である。なお、「絵草紙店」については、当時「韻文界の鏡花」と激賞されたというが、耽美的な傾向が色濃く流れていて、後年の作風に通う要素を読みとることができる。

これらの長編詩によって、彼は、伊良古清白・横瀬夜雨・溝口白羊などとともに『文庫』派詩人としてすぐれた詩才を注目されるようになった。当時の生活は「新潮年譜」のしるすところによれば「三七年三月、身体虚弱なる為め、父母の許を得て下宿生活を廃し、一戸を高田の馬場に構へ、老婢ひろを傭ふ。学校には殆ど出席せず。図書館にのみ籠りて読書す」という状態であった。

日露交戦中に明けた明治三十八年は、軍事外交的にも文壇的にも多彩な年であった。一月、旅順の要塞《さい》を陥落させた日本軍は、三月に奉天《ほうてん》の会戦で大きな戦果を収め、五月の日本海海戦ではバルチック艦隊に決定的な打撃を与えている。日露講和条

『文庫』の会，中列左端河井酔茗，二人目横瀬夜雨，一人おいて白秋（明治38年）

約の調印は九月であった。一方、文壇での動向は、まず夏目漱石が一月から『ホトトギス』に「吾輩は猫である」を発表しはじめた。白秋の一歳下、明治十九年生まれの石川啄木は処女詩集『あこがれ』を出版し、詩歌中心の文芸雑誌『小天地』を編集、発行している。これはたった一号で終わったけれども、内容的には当時の地方誌のなかでは充実したものであった。また、「公孫樹下にたちて」を収める薄田泣菫の『二十五絃』の刊行もこの年である。なかでも注目されるのは、蒲原有明の『春鳥集』(明38・7)と、上田敏の『海潮音』(明38・10)が相前後して世に出たことである。この両著は日本の近代象徴詩の活動を開眼させた輝かしい業績で、白秋の処女詩集『邪宗門』の作風もここから大きな影響を受けている。

新詩社に加入

翌、明治三十九年には与謝野寛の招きに応じて新詩社に移り、機関誌『明星』に拠ることとなった。ここに白秋の文学活動は『文庫』時代から、もう一つの進展を見せることになる。

紅き実

日もしらず、
ところもしらず。
美しう稚児めくひとと

匐《は》ひ寄りて、
桃か、IKURIか、
朱の盆に盛りつとまでを。
余《よ》は知らず、
また名もしらず。
夢なりや——
さあれ、おぼろに
朱の盆に盛りつとまでを、
わが見しは
紅き実なりき。

注。IKURIの果は巴丹杏よりやや小さく、杏よりはすこし大なり、その色、血のごとし。

この「紅き実」以下十編ほどの詩編はこの年の五月、『明星』に発表され、後に『思ひ出』のなかの「おもひで」の章に収録されている。また、『明星』発表の短歌、「きりはたり絶えずちやうちやう血の色の棺衣《かけぎ》織るとか悲しき梭《をさ》よ」（明40・6）は「はたりちやうちやう血の色の棺衣織るとか悲しき機《はた》よ」と改作して後に歌集『桐の花』に入れている。次の詩「高機」（明40・11）はこの短歌と連関して生まれたものであろうが、これはそのまま『思ひ出』に採録されている。

高　機

高機《たかはた》に
梭《をさ》投げぬ。
　きりはたり。
その胸に
梭投げぬ
　きりはたり。
高機に
その胸に
　きりはたり。

『文庫』時代（昭35〜38）の作品は、誌上での発表にとどまるが、『明星』時代以降の作品は、「紅き実」その他のように、後に整理集積されて詩集を構成することになる。このことによって、『明星』時代から自己の詩風が確立し、自信のある作品が生まれるようになった、と考えられるのではなかろうか。つまり、このころから習作期を脱して、活動期にはいったのである。

この活動期の展開としては、四十一年一月の新詩社脱退や、同年十二月結成のパンの会での生活を経て、四十五年（＝大正元年）の恋愛事件に至る、明治末年の七年間ほどがひと区切りとして考えられる。白秋の官能的唯美主義時代で、年齢的には、二十代の時期である。この期間の作品が『邪宗門』（明42）、『思ひ出』（明44）、『桐の花』（大2）、『東京景物詩及其他』（大2）などの詩集や歌集の内容となっている。

南紀旅行

新詩社にはいって『明星』派の詩人として出発した彼は、いっそう旺盛に詩作の道を進むことになる。かつて『文庫』時代に薄愁と号したこともあったが、ここで白秋に復帰した。与謝野晶子・吉井勇・木下杢太郎・石川啄木・平野万里・茅野蕭々らの同人を知ったことは、彼の詩業を活気づけることになったろうし、やがて上田敏・蒲原有明・薄田泣菫などの先輩詩人にも認められるようになった。三十九年十月には寛・勇・蕭々らと伊勢・紀伊・奈良・京都を旅行して、『邪宗門』のなかの詩章「青き花」諸編の想を得た。とくに和歌山県の旅が印象に強かったらしく、「南紀旅行の紀念《ママ》として、且はわが羅曼底時代のあえかなる思出のために、この幼き一章を過ぎし日の友にささぐ」としるして、十編ほどの作品を収録している。詩章の名称とされている一編をみると、

青き花

そは暗きみどりの空に
むかし見し幻《まぼろし》なりき。
青き花
かくてたづねて、
日も知らず、また、夜も知らず、
国あまた巡りありきし
そのかみの
われや、わかうど。

そののちも人とうまれて、
微妙《いみじ》くも奇しき幻、
ゆめ、うつつ、
香こそ忘れね、
かの青き花をたづねて、

ああ、またもわれはあえかに
人の世の
旅路に迷ふ。

というように、憧憬《どうけい》の対象である「青き花」を求めて遍歴するロマンティックな心情がかたられている。夢にも現《うつつ》にも、常にその美しい香を忘れることができぬ「青き花」をあこがれたずねるのである。しかし、それは「むかし見し幻」であって決して手に入れることはできない。到達することができず、充《み》たされることがないからこそ、いっそう強く希求し、熱望するのである。ローマン的心情の本質としてのはるかなるものに対する主情的な憧憬の念をたくみにうたった佳品である。やはり、詩章「青き花」のなかの「君」という作品でも「何時《いつ》の世か／君と識《し》りけむ。／黄金《こがね》なす髪もたわたわ、／みかへるか、あはれ、つかのま／ちらと見ぬ、わかき瞳に／にほひぬる／かの青き花。」のように、思慕する女性の瞳のなかに「青き花」を見いだしているのである。

大気の童

新詩社での白秋は、もっぱら詩作に力を入れていたが、明治四十年六月には、短歌の競技製作に参加して「青の馬御《ぎよ》すと来りぬ世に一《いち》の真大膽子《またいたんこ》の大気《たいき》の童」をはじめ、「誰そ暗き心のうへを木履《ぐつ》曳《ひ》き絶えず血に染み行き惑ふ子は」「ああ皐月《さつき》髪のにほひと帯の緋とまぼろしに蒸す日頃となりぬ」など六十二首を発表した。奇を好み、常識を破った詠風で、官能的もしくは幻怪的な心情を、やや誇張に過ぎるくらいに描き出している。『明星』(明40・7)にのせた平出修の「競技製作の歌」という批評は次のようにこのころの白秋の傾向をよくとらえている。

「北原氏が此度の競技に加はつて短歌を作つたのは頗《すこぶ》る同人間の注意を惹《ひ》いた。はでやかなる中に凄味《すごみ》のある、又覇気《はき》のある、又何となく哀味のある、又火酒の如き刺激性の情緒を出さんとする。従つて誇張と幻覚とを喜び、妖艶、怪奇、悲愁、雄健、斬新、猥俗なる題目を撰び、又血、しろがね、熱、鉄、死、赤、緋、黒髪、香、青、黒等の文字を用ゐる。これは氏の長詩に於る特色であるが、今氏の短歌を見ると、この一首は恰も彼れの一編を読むが如く、同様の特色を示して居る。」

このような耽美的な傾向は、白秋の第一活動期の詩歌全般を貫く特色である。続けて平出の評は「第一首目『青の馬御すと来りぬ』は氏が短歌に指を染め来つた自負の作であらう。斯う云ふ男性的な、青春の覇気のある、声調の雄健な、而も典拠ある文字を駆使して生気を帯びしめたのは、新詩社中、与謝野寛、高村光太郎、平野三氏の特色の一であるが、今又北原氏が巧みに此手法を伝へて居る。」と述べている。男性的で闊達《かつたつ》な作風はたしかに、白秋の特色で、それは鉄幹や光太郎らとも共通する点であった。白秋自身も「まことに突飛な新風であつたことは、森鷗外先生より豪傑といふ言葉で快笑されたものであつた」(昭9『白秋全集』第6巻「後記」)と回想している。この鷗外のことばは、おそらく第一首についてのことだと思われる。

鷗外は、明星派とアララギ派との融合によって和歌の新興をはかろうとして、四十年三月から、毎月一回、当時の代表的歌人を自宅観潮楼に招いて歌会を開いた。白秋もこの年の冬ごろから参加しているので、その時、鷗外から右の批評を受けたのであろう。「真大膽子」という奇妙な語は、大言海によれば、「大胆不敵ノ大力ノ童」の意であるとして、平安時代の歌謡、催馬楽《さいばら》の「青馬《あを》」という作品の「末多伊太論語《マタイタッコ》ノ大気《タイキ》ノ童《ワラハ》ノ」を用例として示している。平出修の評にも「典拠ある文字を駆使して生気を帯びしめた」とあるが、催馬楽のようなあまり一般的でない古典にも目を通して、文学的滋養を吸収しているのである。この場合は目あたらしい思いつき程度であったかもしれないが、ともかく古典への関心は、先に『文庫』に投じた大和三山の歌の例もあり、三崎時代には「寂しさに秋成が書読《ふみ》みさして庭に出でたり白菊の花」の歌を残しているし、『白金之独楽《コマ》』には梁塵秘抄の影響が顕著である。そして後の『海豹《かいひょう》と雲』になるとさらにさかのぼって、記紀や祝詞など上代文学の世界を近代詩にとり入れているのである。

南蛮文学

新詩社の同人らと白秋との交友は活気に充《み》ちた愉快なものであったらしい。詩や短歌で才能を認められていることは何よりのことであったし、南紀旅行に参加したことはいっそう親しみを深めたにちがいない。続いて四十年七月には新詩社同人の九州旅行が行なわれた。与謝野寛をはじめ木下杢太郎・平野万里・吉井勇に白秋の五名で、彼は一行を郷里柳河に案内し、唐津・佐世保・平戸・長崎・天草・島原・熊本など九州西部を巡遊している。この時、杢太郎・万里は白秋と同じく明治十八年生まれで二人とも東京帝大の学生、吉井勇は一つ年下で早大生、いずれも二十代にはいったばかりの青年であった。

ちなみに、新詩社同人の中では長田秀雄が白秋と同年、啄木は十九年生まれの一つ年下である。この旅行で九州西北部のキリシタン遺跡を訪ねたことは、杢太郎や白秋のいわゆる南蛮文学の端緒を開くこととなった。一行は天草灘の海岸の旅を続けて、かくれキリシタンの里といわれる大江村を訪ね、パーテルさん(神父)から秘蔵のクルスを見せてもらった。このひとはフランス人、ルドヴィコ＝ガルニエ神父で、この地に永眠している。昭和二十七年には、天主堂前に九州旅行を記念する文学碑が建ち、吉井勇が往時を回想してつくった歌「白秋とともに泊りし天草の大江の宿は伴天連の宿」が刻まれている。

白秋はこの旅行での体験を「天草島」と題する一連の詩作として発表し、これが後に『邪宗門』のなかの詩章「天草雅歌」となった。この詩章の扉のページには十字架のしるしがあって「このさんたくるすは三百年まへより大江村の切支丹《キリシタン》のうちに忍びかくして守りつたへたるたつときみくるすなり。これは野中に見いでたり。　天草島大江村天主堂秘蔵」という注記があり、次ページには「四十年八月、新詩社の諸友とともに遠く天草に遊ぶ。こはその記念作なり。」としるしている。●

角を吹け

わが佳耦《とも》よ、いざともに野にいでて
歌はまし、水牛の角《つの》を吹け。
視よ、すでに美果実《みくだもの》あからみて

田にはまた足《たり》穂垂れ、風のまに
山鳩のこゑきこゆ、角を吹け。
いざさらば馬鈴薯の畑を越え
瓜哇《ジャワ》びとが園に入りかの岡に
鐘やみて蠟の火の消ゆるまで
無花果《いちじゆく》の乳《ち》をすすり、ほのぼのと
歌はまし、汝が頸《くび》の角を吹け。
わが佳耦よ、鐘きこゆ、野に下りて
葡萄樹《じゆ》の汁滴《つゆしたた》る邑《むら》を過ぎ、
いざさらば、パアテルの黒き袈裟《けさ》
はや朝の看経《つとめ》はて、しづしづと
見えがくれ棕櫚《しゆろ》の葉に消ゆるまで、
無花果の乳をすすり、ほのぼのと
歌はまし、いざともに角を吹け、
わが佳耦よ、起き来れ、野にいでて
歌はまし、水牛の角を吹け。

これは「天草雅歌」のいちばん初めにかかげられた作品であるが、「わが佳耦よ」「歌はまし」「角を吹け」など強い呼びかけの気持ちをふくんだ詩句がリフレインとなっていて、異国情緒への憧憬が声高く奏でられている。また「ただ秘めよ」という作品は、「天艸《あまくさ》の蜜の少女《をとめ》よ。／汝《な》が髪は鳥《からす》のごとく、／汝が唇《くち》は木の実の紅《あけ》に没薬《もつやく》の汁滴《つゆした》らす。／わが鴿《はと》よ、わが友よ、いざともに擁《いだ》かまし。」「薫《くゆり》濃き葡萄の酒は／玻璃《ぎやまん》の壺に盛るべく、／もたらしし麝香《じやかう》の臍《ほぞ》は／汝が肌の百合に染めてむ。」「よし、さあれ、汝が父に、／よし、さあれ、汝が母に、／ただ秘めよ、ただ守れ、斎《いつ》き死ぬまで、／虐《しひたげ》の罪の鞭《しもと》はさもあらばあれ、／ああただ秘めよ、御《み》くるすの愛の徴《しるし》を。」のように蜜・没薬《もつやく》・葡萄の酒・ぎやまん・百合・罪・くるす・愛など用語の選択統一によって吉利支丹《キリシタン》趣味をうたいあげている。

なお杢太郎は、九州旅行の準備として、上野の図書館などで吉利支丹文献を渉猟したのをはじめとして、現地での経験が機縁となって、詩「天草組」をはじめ戯曲や小説などの南蛮文学を書き、さらに学問上での吉利支丹研究にも着手して、『えすぱにや・ぽるつがる記』など、多くの重要な業績を築きあげている。

新詩社脱退事件

主幹与謝野寛と一か月余の長い文学旅行を続けた新詩社の同人たちであったが、帰京後しばらくして、一行の中の白秋・杢太郎・勇をはじめ、長田秀雄・同幹彦・秋庭俊彦・深井天川らが加わり、七名がそろって退社するという文学史上有名な事件が起こった。白秋を中心として、寛に対する若い同人たちの感情の上での反発がたかまって、各自が退社の通知状を出すことになり、白秋は四十一年一月十四日に発送している。寛が後進のすぐれた詩才を模倣吸収してしまうことについての不信感が原因であった。（脱退の事情については木俣修氏の考証、「新詩社騒動の顚末―白秋と寛」がある。）

七名の脱退のため残留者で有力なのは平野万里・茅野蕭々のわずか二名となり、『明星』は急速に力を失って四十一年十一月に百号を迎えたのを機会に終刊することになった。その後、寛は明治四十五年に白秋主宰の『朱欒《ザンボア》』へ寄稿しているし、大正十年の『明星』復刊第一号には白秋の「落葉松」が発表されたりして、二人の交情はもとに復している。昭和十年、寛の死に当たって、白秋は追悼文のなかで、かつて新詩社に迎えられて知遇を得た時の恩義を謝し、連袂《れんべい》退社のことは「性格と道の上の見解の相違ながら、心苦しき極みで」あるとして、往時の一途《ず》な行動を反省しているのである。

青春

明治四十年一月には『邪宗門』のなかの代表作の一つである「謀叛《むほん》」が『新思潮』に掲載された。この作品を執筆するころは例の新詩社脱退事件がもちあがっていることを考えると、題名の「謀叛」というのがまことに暗示的である。ともかく、この作品は、それまで『明星』以外にはあまり発表しなかった白秋にとって、広く活躍の場を得る第一歩となったし、『新思潮』の誌上で、蒲原有明・薄田泣菫と名を連ねていることによって、ここに詩壇的地位が確定することになった。その後は『中央公論』の滝田樗蔭が『明星』退社の人々に紙面を提供してくれ、白秋も「悩の龕《がん》」(2月号)、「楽声」他三編(4月号)、「幽弾」他十編(7月号)、「夢の奥」他四編(8月号)というように次々と数多くの作品を発表し、これらが、詩集『邪宗門』の主要な部分となっている。なお、十一月には『明星』の百号記念の終刊号にやはり『邪宗門』所収の詩「濃霧」を寄せ、杢太郎・勇も作品を送っている。終刊というので寛のすすめによるものと思われるが、脱退組の方でもその雅量にこたえたのであろう。

「パンの会」の結成

この年、白秋にとって文学上のもう一つの大きな事件があった。それは、文学と美術の交流をはかった親睦会「パンの会」の結成であり、この会を中心とする生活が彼の文学に新しい面を加えることになった。その主唱者とみなされるのが、杢太郎と白秋と画家石井柏亭である。文人と画家の交わりは次のような事情である。柏亭は文才にもすぐれていて『明星』の寄稿家であったし、一方、杢太郎と白秋も美術文芸誌『方寸』（明40創刊）に寄稿していた。これは、太平洋画会に属する石井柏亭・森田恒友・山本鼎らの美術家によって創刊されたものである。そこで詩人と画家とが毎月集まって相互の交流をはかろうということになり、第一回の会合が、明治四十一年十二月十二日に隅田川畔の西洋料理店第一やまと楼で開催されることになった。会名のパンはギリシア神話の牧羊神（半獣神）Panである。牧畜・狩猟の神であるが、角笛を吹き、音楽・舞踊を好む陽気な神は、芸術愛好の二十代の青年の集まりの会名としてぴったりあてはまっている。また、かりにパンを「汎＝すべて」の意にとっても、文学・美術をはじめ、すべての美を統合する唯美的・芸術至上的傾向を中心とするこの会の性格をよくあらわしていることになる。

　パンの会発足のころの文学思想は自然主義が中心であった。坪内逍遙の写実主義以来の現実精神はフランス自然主義文学の移入によって強化され、明治三十年代の中ごろからわが国にも自然主義が興って、人生の真を客観的・実証的に探求することにつとめた。やがて、島崎藤村の「破戒」（明39）、田山花袋の「蒲団」（明40）などによって確立され、明治末年における文壇の中心勢力となった。自然主義は、現実観の深化や、散文精神の確立などの功績が

「パンの会」のころ，山本鼎（右）とともに（明43・3）

あったが、現実の暗さを暴露し、人間の本能的な醜い面の追求を徹底させたところには、人生の憂鬱《ゆううつ》で絶望的な方向のみが強調されることになって、行きづまりを見せるようになった。この時、美を拠《よ》り所として暗い現実を克服しようとする文学精神が登場して、明治末年から大正初期にかけての一時期における文学思想の中心となった。明治四十一年末のパンの会の結成は、このような、反自然主義の耽美的傾向の先駆となったもので、それは、前記、藤村・花袋の二作にすぐ続く時点であった。

パンの会によって推進された芸術運動は一口でいえばローマン的傾向を中心とするもので、これはまた白秋文学の特色でもあった。ローマン精神とは遙かなもの・美しいものなど現実を越えたものに対する憧憬の念であるが、パンの会を中心とする後期（新）ローマン主義においては、非現実的なものに関心を持つ場合に、未来へ思いをはせることよりは、過去についての思い出や、失われたもの、滅びゆくものに対する感傷的な愛着という方向をとる。また、前進的に現実を改革しようとするよりも、美意識の充足によって現実を逃避しようとする傾向が強い。しかも、その美意識は、異常で退廃的で刺激的・官能的な美が求められ、唯美主義をさらに徹底させた耽美《たんび》的傾向をとることになる。白秋は現実をきびしく観察する目をも備えてはいるが、本質的に彼の生活や文学の基底となっているのはローマン的心情である。それは、『文庫』時代の詩「絵草紙店」などにうかがわれるし、新詩社に移ってからの作品で、後に詩集『邪宗門』に収録される数多くの詩編には、刺激的な官能的要素の交錯が明らかにみとめられる。詩集『思ひ出』の特色である幼年特有の心理もまた病的で異常なものへの関心のあらわれである。それに、「思ひ出」という題名にもあらわれているように、幼時への回想や郷土への愛着が非現実的傾向であることはいうまでもない。もっとも白秋においては、決して弱々しい現実逃避なのではなく、追憶や郷愁という非現実の世界に新しい美の境地を開こうとする、たくましい意欲に燃え、豊かな生命力の流露がみられるのである。

青春の譜

ローマン的傾向の特色として、もう一つ考えられるのは、自己と傾向を等しくする要素を自由に吸収し、融合しようとする総合性である。パンの会の成立そのことが文学と美術との結合であったし、この会の人々はいずれも、芸術における西洋的なものと東洋的なものとを広く統合して味わおうとした。また、東京という近代都会文化の享受と、そこに残存する伝統的な江戸情緒への趣味とを同時に愛好したのである。

金と青との

金と青との愁夜曲《ノクチユルヌ》、
春と夏との二声楽《ドウエツト》、
わかい東京に江戸の唄、
陰影《かげ》と光のわがこころ。

これは、パンの会の盛時である明治四十三年の作で、後に詩集『東京景物詩及其他』に収められた小曲であるが、色彩・季節・時代などの二重性を音楽的感覚で包んでいて、官能美の総合が端的に示されている。両国橋畔で発足したパンの会は、四十二年ごろは永代橋のほとりの永代亭という西洋料理店が会場となり、二次会は付近の鳥料理店都川が選ばれたりした。

かるい背広を身につけて、
今宵《こよひ》またゆく都川、
恋か、ねたみか、吊橋の
瓦斯《ガス》の薄黄《うすぎ》が気にかかる。

この「かるい背広」(明43)にうたわれたような小粋《こいき》な味は、たしかに江戸情趣への愛着ではあるが、それは単なる過去の再現ではない。背広を着たハイカラな近代人が新鮮に感じとった江戸文化であって、当時、白秋や杢太郎らパンの会の人々が、西洋的なものに対して抱いた異国情緒《エキゾチシズム》と同じ感覚で江戸的・下町的なものに官能の充足を覚えたのである。自然主義文学の母胎となった竜土会が、麻布という山の手を中心としたのに対して、耽美《たんび》派の人々は一時代前の、しかし洗練された江戸下町的な情趣を拠《よ》りどころとしたのである。

ある時は日比谷公園の松本楼で大会を催したこともあるが、やがて会場は日本橋大伝馬町の西洋料理店三州屋に移った。四十三年十一月には、この三州屋で、近くヨーロッパに行く柏亭と、兵役で入営する長田秀雄と、画家柳敬助の送別会が行なわれた。この際、祝入営のはり紙に黒枠をつけたことが問題となり、いわゆる「黒枠事件」として世を騒がせたりした。いかにも若い自由人の集まりらしい奔放さが感じられる。なお、柳敬助はアメリカで高村光太郎と知り合っていたし、光太郎が四十二年七月に帰国して後、彼に長沼智恵子を紹介したのは、柳の妻で智恵子の女子大の先輩の八重子であった。光太郎の青春もパンの会によって開花したのである。彼の「あの頃—白秋の印象と思ひ出—」（昭18）という文章には次のように会合の状況が描かれている。

「北原、木下、長田、吉井の諸氏はいつでも一緒にのみ歩いて激烈に文芸を論じ合つた。私も折々それに加はり、此等の諸氏の頭のよさと知識の豊富さとに感服した。北原さんは神通力ある駄々子のお伽話の皇子のやうだつたし、木下杢太郎さんは眼をぱちぱちさせて比類なく鋭い独創的な芸術論に一同を慴伏《しょう》させたし、長田秀雄さんは巧妙な話術と底知れぬ詩的魅力の戯曲的才能とで人を牽引し、左右したし、吉井勇さんは寡黙でゐながら剛胆無比な英雄のやうに君臨した。いい気持になると北原さんの『空にまつかな』を斉唱して乾杯した。」

この白秋作詞の小曲は、パンの会の会歌のようなものとして、流行歌ラッパ節のメロディーで愛唱されたという。明治四十一年作で『邪宗門』に収録されている。

空に真赤な

空に真赤な雲のいろ。
玻璃に真赤な酒のいろ。
なんでこの身が悲しかろ。
空に真赤な雲のいろ。

カフェの赤い酒の色と、窓外の赤い夕焼の色とをとり合わせて、きょうと明日との享楽を歌い、「なんでこの身が悲しかろ」といいながらも、何とはなしに覚える青春の哀愁をただよわせている。このようにしてパンの会は明治四十二、三年ごろを最盛期として明治末年まで継続し、いわゆる耽美派を形成する若い人々の交歓の場となった。この会に参加した文学者は、第一回会合の杢太郎・白秋・勇・啄木らのほか、長田秀雄・同　幹彦・高村光太郎・上田敏・小山内薫・永井荷風・和辻哲郎・谷崎潤一郎などであった。自然主義系の『早稲田文学』関係以外のほとんどの若い文学者が参加して、熱気にあふれる青春の譜をかなでたのである。

主唱者のひとりである白秋にとっても、青春のもっとも輝かしい一時期で、この間に詩集『思ひ出』『東京景物詩及其他』、歌集『桐の花』の主要作品が生み出されたのである。

『スバル』創刊

四十二年一月には雑誌『スバル』が創刊され、白秋は主要な同人となって、後に『邪宗門』に収める詩編や『桐の花』を構成する短歌などを発表した。この雑誌は星に関係のある誌名からも察せられるように、『明星』のローマン的傾向を継承し深化させたもので、平野万里・石川啄木・木下杢太郎・吉井勇などかつての新詩社の青年詩人が中心となり、平出修が出資者となって、全般的な指導には森鷗外があたり、大正二年末まで六〇冊が刊行された。『スバル』の最盛期は明治四十二年から四十四年ころまででパンの会の盛時と一致し、都会情調や異国情緒《エキゾチシズム》を中心として、退廃的・耽美的な文芸思潮を形成する中心勢力となり、反自然主義文学の拠点であった。同じ四十二年には『スバル』と同系統の文芸誌『屋上庭園』が白秋・杢太郎・長田秀雄の三名を編集同人として創刊(10月)されたが、これはパンの会の詩人たちの機関誌の意味を担《にな》っていた。黒田清輝の画を表紙とし、四六倍判のしゃれた感じの雑誌で、とくに第二号には南蛮趣味の挿絵《さしえ》を多く入れるなど、官能的・耽美的な香りの濃い独特の誌風をつくり出している。ところが、明治四十三年二月の第二号にのせた白秋の詩「おかる勘平」が風俗壊乱のゆえをもって発売禁止となったため、発行資金の関係などでそのまま廃刊となった。ただ二冊ではあるが、豊かな芸術的香気と耽美主義の先駆という文学史上の意義との点で注目すべき雑誌である。

パンの会時代は白秋にとって、自己の詩業の特色を確立させ深化させた展開の時期であるとともに、それを詩集として世に問う結実の時期でもあった。刊行された詩集は処女詩集『邪宗門』（明42・3）と、第二詩集『思ひ出』（明44・6）である。前者は白秋の記念すべき第一詩集で、易風社から、半ば自費出版で刊行された。その例言によれば「本集に収めたる六章約百二十編の詩は明治三十九年の四月より同四十一年の臘月に至る、即《すなはち》最近三年間の所作にして、集中の大半は殆昨一年の努力に成る」ものである。明治三十九年の南紀旅行における「青い花」や翌四十年の九州旅行の際の「天草雅歌」、それに四十一年年頭に新詩社を脱退してから以後一年間の作品などによって構成された詩集である。装丁は石井柏亭で、一半は南蛮寺鐘紋を金箔で押した真赤なクロースと、一半は樹木・蛇・獣などを配した印度更紗からとった図とをはぎ合わせにした豪華な表紙である。金と赤との色彩を好んだ白秋の意向をとり入れたのかもしれない。柏亭・山本鼎・太田正雄（木下杢太郎）の挿絵があるのは、パンの会での交友の縁によるものであろう。扉絵の次に「父上に献ぐ」の献詞があり、さらに次のページに

処女詩集『邪宗門』

邪宗門扉銘

ここ過ぎて曲節《メロデア》の悩みのむれに、
ここ過ぎて官能の愉楽のそのに、
ここ過ぎて神経のにがき魔睡に。

としるしているのは、ダンテの『神曲』の地獄の門の銘文にならって、まず巻頭において詩集の性格を端的に示そうとする気のきいた試みである。白秋は上田敏著『海潮音』の影響を受けているから、同じ著者による『詩聖ダンテ』（明34）に「われ過ぎて歎のまちに、われ過ぎて、とはの悩に、われ過ぎてほろびの民に」と訳出されているのにヒントを得たのでもあろうか。また、鷗外が明治二十五年以来『柵草紙』に訳載して、九年の歳月の後に完結した『即興詩人』（明35刊）のなかに「ここすぎて　うれへの市《まち》に／ここすぎて　歎の淵に／ここすぎて　浮ぶ時なき／群に社《こそ》　人は入るらめ」とあるのも材源になっているかもしれない。ともかく、扉銘に掲げているように、視・聴・嗅・味・触覚など五官の能力を十全に発揚した文字どおり官能の汎濫《はんらん》こそこの詩集の特色であった。先輩詩人の蒲原有明・薄田泣菫などの新体詩風の静的な傾向に対して、印象派の絵画のようなきらびやかな感覚を、韻律に富んだ修辞に託して、明るい動的な耽美的世界をつくり出したのである。『邪宗門』の例言にあるように「思想の骨格」を求めず「情緒の快楽と感覚の印象」とを主とし「音楽的象徴」を中心とする作風は、以後白秋の全詩業の基調となっている。

『邪宗門』の表紙

この詩集が同時代の詩人に与えた印象の一例として、室生犀星の場合をみると、当時二十一歳の彼は金沢にいたのであるが、本屋に注文して発行はまだかといそがせ、入手すると威張って町じゅうを抱えて歩いたという。

『邪宗門』をひらいて読んでも、ちんぷんかんぷん何を表象してあるのか解らなかった。南蛮風な好みとか幻想とか、邪宗キリスト教に幻妖な秘密の匂いを嗅ぎ出そうとしても、泥くさい田舎の青書生の学問では解るはずがなく、私は菓子折のような石井柏亭装丁の美しい詩集をなでさすって、解らないまま解る顔をして読んでいた。ただうろ覚えにわかることは、活字というものがこんなに美しく巧みに行を組み、あたらしい言葉となって、眼の前にキラキラして来る閃《ひら》めきを持つこともあるということであった。こんなに活字が私の好みとうまく融け合って現われていることで、私はたいへんな物を読んでいるのだと思った。」（『我が愛する詩人の伝記』）

と書いているのをみると、期せずして「思想の骨格」を求めず「情緒の快楽と感覚の印象」を主とした白秋の意図が年少の読者に作用しているのを知ることができる。高村光太郎も随筆「あの頃―白秋の印象と思ひ出―」（昭18）のなかで「北原白秋さんの『邪宗門』が出版された時にはまつたく驚いた。日本語がこんなにも自由に、又こんなにも豊麗に使へるものかと思つた」と回想している。

第二詩集『思ひ出』

さらにこの随筆では、『思ひ出』の刊行について「われわれはこれを日本文壇の一大事件と目して、神田錦町の或るレストランに盛大な『思ひ出の会』を催した。上田敏先生がすばらしい卓上演説をせられたのも此時である。今日思つても、あの卓上演説ほど高度な芸術性を持つた挨拶といふものを其後耳にしない。」と書いている。『思ひ出』の刊行は『邪宗門』の二年後の明治四十四年六月で、記念の会は九月であった。詩壇における出版記念会の催しのはじめだといわれる。席上、上田敏の激賞を受けたことについての感激を、白秋は次のように回想している。

「私はその夜の幸福と光栄とを未だに忘れることができない。デザアトコースに入るや、上田敏先生は立つて、言葉を極めて日本古来の歌謡の伝統と新様の仏蘭西《フランス》芸術に亘《わた》る綜合的詩集であるとし、而《しか》もその感覚解放の新官能的詩風を極力推奨された。さうして序文『わが生ひたち』については殊に驚くべき讃辞を注がれた。あれを読んで落涙したとまで。さうしてまた筑後柳河の詩人北原白秋を崇拝するとまで結ばれた。私は無論動顛《てん》した。さんさんと私は泣いた」（大14・6「『思ひ出』増訂新版について」）

詩集『思ひ出』の表紙

訳詩集『海潮音』によって、海外の高踏派・象徴派の詩業を紹介して近代詩に新しい方向を与えた上田敏は、この『思ひ出』もまた、詩壇に新風を吹きこむ詩集であることを洞察したのである。名訳といわれるヴェルレーヌの「落葉」、アレントの「わすれなぐさ」、ブッセの「山のあなた」、ブラウニングの「春の朝」などの短詩と『思ひ出』の諸編との間に共通する気分がうかがわれることも、上田敏の共感を呼んだことであろう。「日本古来の歌謡」という伝統的なものへの郷愁と「新様の仏蘭西芸術」という近代的な異国情緒《エキゾチシズム》との両面は、『思ひ出』の特色であるとともに、白秋の詩業全般に通じる性格でもある。ことに「日本古来の歌謡の伝統」についての関心は、以後の彼の詩作を進めてゆく中軸となっている。

抒情小曲

一般的にいって歌謡とは、主題を論理的・網羅的に構成するのではなくて、折に触れての印象を端的に表現しようとする。したがって、即興的・断片的で叙情性を中心とし、しかも韻律的表現をとっている。『思ひ出』を「抒情小曲集」と名づけているのは、このような歌謡的要素が作風の中心となっているからで、やがて彼が童謡や民謡を執筆するようになる萌芽はすでにこの詩集の中にふくまれている。後年、彼は短歌に力を入れるようになるが、その叙情性・単一性・韻律性が歌謡的性格と共通するからであり、これらの性格が白秋の詩業全般の骨格をなしているのである。このような歌謡性は同時代の詩人にも影響を与えている。高村光太郎の短詩「泥七宝」の一部には『思ひ出』の「断章」の諸作が意識されていると思われるし、室生犀星の『抒情小曲集』や、萩原朔太郎の『純情小曲集』のなかの「愛憐詩編」などは、明らかに『思ひ出』の作風を摂取したものである。

この詩集は白秋自身の装丁で、表紙には幼時の思い出のトランプの女王を配し、本文に自筆のカットを多数入れている。菊半截の小型な判で、各ページは赤い線で枠をとって、二色刷りにするなどハイカラな装本で、白秋の好みと作品に対する愛着とが随所にあふれている。要するに『思ひ出』は、郷土や幼時についての愛着という万人共通の要素を基骨とし、それを異国のことに対するような新鮮な近代感覚でとらえている点に、不易《ふえき》と流行の両面を備える傑作となったのである。

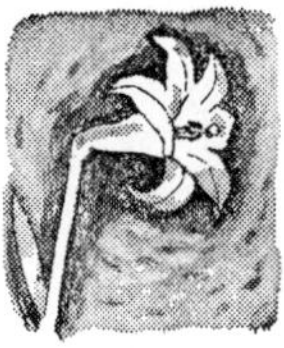

遍　歴

実家の破産

白秋は『思ひ出』の刊行によって詩壇の栄誉を担い、四十四年十月に『文章世界』が催した明治十大文豪投票では、詩人の部の第一位に入選している。また、十一月には彼自身が主宰する文芸誌『朱欒《ザンボア》』を創刊し、いっそう広く文学活動を展開した。明星派・パンの会・白樺派・アララギ派の詩歌人の作品をのせ、室生犀星・萩原朔太郎・山村暮鳥・大手拓次などに詩人としての出発の場を与えたし、白秋自身としても、歌集『桐の花』、詩集『東京景物詩及其他』の主要作品のほとんどをこの誌上に発表した。ところがこのような名声と活気とはうらはらに、暗い影がさしはじめてきた。その一つは柳河の実家の没落であり、もう一つは有夫の婦人との苦しい恋愛事件であった。

「新潮年譜」によれば、四十二年の十二月には「実家の破産に際し、一時帰国。爾後《じご》愈々《いよいよ》自活せざるべからざるに至る」としるしている。また、四十四年の項には生活困難のため、母から毎月黄金の小判三枚をもらい、一枚十七円ずつに両替して生活費にあてた、とも書いている。秘蔵の小判が取り出されている点に、破産・没落とはいえ、古くから西海一円に知られた海産物問屋で柳河藩の御用達をもつとめた旧家らしい風格が感じられる。一方、『思ひ出』の「わが生ひたち」によれば、この詩集の編集に着手し始めたのは「郷家の旧《ふる》い財宝はあの花火の揚る、堀端のなつかしい柳のかげで無惨にも白日競売の辱《はつか》しめを受けたといふ母上の身も世もあられないやうな悲しい手紙に接した時であつた」という。なお、この集には二枚の写真版がはいっていて、一つは柳河の風景であるが、もう一つは異国的な風物を扱った絵画で、これだけでは、どういう目的で入れたのかはっきりしない。しかし、「この集に挿《はさ》んだ司馬江漢の銅版画は第一回の競売の際古道具屋の手に依て一旦埃塵《ごみ》溜《ため》に投げ棄てられたのをそつと私の拾つて来たものであつて」という記述を見ると、この画もまた、実家の思い出に連なっているのである。

「かうしてこの小さな抒情小曲集も今はただ家を失つたわが肉親にたつた一つの贈物としたい為めに、表紙にも思ひ出の深い骨牌《カルタ》の女王を用ゐ、絵には全く無経験な癖に首の赤い螢や生胆取《いきぎも》や John や Gon-shan の漫画まで挿んで見た、而して心ゆくまで自分の思を懐かしみたいと思つて拙《つたな》いながら自分の意匠通りに装幀《てい》して、漸くこの五月に上梓《し》する事となつた」（「わが生ひたち」）

と書いているし、在郷の愛する妹が、なれぬ水しごとで手が荒れてゆくという便りに心を痛めているのである。やはり十年前の火災の打撃からは立ち直ることができず、柳河の油屋、九州の古問屋《ふつどいや》として数代知られた旧家もついに没落の非運にみまわれたのである。明治四十五年一月には母と妹イヱが上京、やがて父も郷国を捨て、一家は東京に移ることとなった。白秋にとって実家の破産とともに、もう一つの苦しい事件は恋愛問題であるが、この方は白秋自身にその責があるだけに、いっそう強い精神的打撃を受けている。

恋愛事件

これより先、明治四十三年九月、原宿に移転した際、隣家の新聞記者松下某の夫人俊子を知ることになる。ところが、明治四十五年七月に至って、俊子の夫から姦通罪《かんつうざい》として告訴され、同六日から二十日までの二週間、市ケ谷未決監に拘留ののち保釈となった。八月の公判で無罪免訴となったが、この事件のため前年の『思ひ出』で得た名声の失墜《つい》と、白秋の苦悩とは想像に難《かた》くない。明治四十五年は大正改元の年であり、奇《く》しくも、明治の終わりに当たって、白秋の輝かしい青春も終わりを告げ、一つの転機を迎えることになったのである。

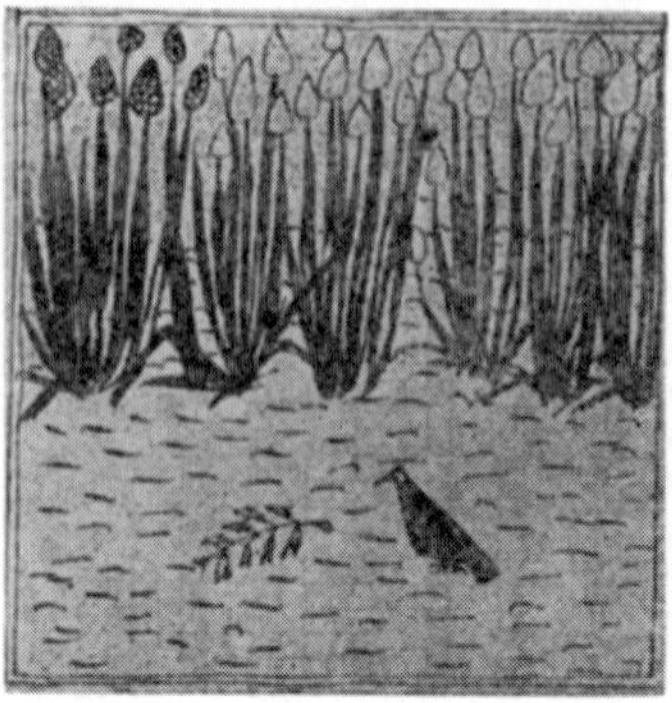

白秋筆『桐の花』の挿絵の下書き

この恋愛による告訴事件をめぐる心象について白秋は、哀傷編と題する一連の短歌として『朱欒』の大正元年九月号以降に載せているが、翌二年一月東雲堂から刊行した処女歌集『桐の花』ではこれらを序歌・本編・続編・終編の四部、百余首に整理して収録している。

この歌集は、明治四十二年ごろの『スバル』や翌四十三年に若山牧水が始めた文芸誌『創作』などに載せた作品を主体として構成されている。したがって、彼の官能的・耽美的傾向の全盛時代の作品であるため、その作風は明るく華《はな》やかで近代的な香気にみち、一般の短歌の中にある古風な感じなどはまったくみとめられない清新なものであった。しかし、あまりに洗練されすぎ、都会的で、どこか人工的なもろさの感じられる点も否定できない。それが哀傷編になると、その内容は切実な体験に裏づけられているために、生命感にみちた迫力のある作風になっている。しかも用語などの点では白秋的な華麗さを残しているため、そこに一種新しい美が生み出されているのである。

君と見て一期《いちご》の別れする時もダリヤは紅しダリヤは紅し
鳴きほれて逃ぐるすべさへ知らぬ鳥その鳥のごと捕へられにけり
かなしきは人間のみち牢獄《ひとや》みち馬車の軋《きし》みてゆく礫道《こいしみち》
夕日あかく馬のしりへの金《かな》網を透きてじりじり照りつけにけり
編笠をすこしかたむけよき君はなほ紅き花に見入るなりけり
どん底の底の監獄《ひとや》にさしきたる天つ光に身は濡れにけり
母びとは悲しくませば鳳仙花《ほうせんか》せめて紅しと言ひ告げやらむ
バリカンに頭あづけてしくしくとつるむ羽虫を見詰めてゐたり
夕されば火のつくごとく君恋し命いとほしあきらめられず
監獄《ひとや》いでてじつと顫《ふる》へて噛《か》む林檎林檎さくさく身に染みわたる

ここに抄出した哀傷編のうち〈君と見て〉は序歌「花園の別れ六首」の冒頭の作で、ダリヤの紅さが恋のはげしさを象徴している。〈かなしきは〉は囚人馬車で未決監へ送られる時のことで、車のきしみや車輪が小石を押しつぶしてゆく音など、聴覚や触覚などの感官を中心として不安定な心象を表現し、次の〈夕日あかく〉もいらだたしい気分をよく伝えている。馬車では白秋と俊子は、他の囚人たちと一緒に乗せられた。到着して彼女は先に下車し、じゅずつなぎの男たちはひとりひとり飛びおり白秋は最後であった。帯に縄をかけられているので、前の人間の尻が体を強くひく。悲しみの窮まった折にも、このことがふとおどけた気分をよびおこして、「やっこらさと飛んで下りれば吾妹子《わぎもこ》がいぢらしやじつと此方《こち》向いて居り」という作品が生まれた。〈編笠を〉もこの時の情景である。囚人は編笠をかぶって顔をかくしているのである。〈どん底の〉には後の『雲母集』にみられるような宗教性を感覚的にうたっている点が注目されるし〈バリカンにでて〉については、その用語のうえから、前年の作「君かへす朝の舗石さくさくと雪よ林檎の香のごとくふれ」(明45・7『朱欒』)が思い出される。しかし、このような軽やかなリズムにのせた艶っぽいハイカラな気分とは、全く異なった切実感がある。未決監から許されて出て、かじりつく林檎は現実のもので、間接的な比喩ではない。「じつと顫へて」という箇所には、作者のあわれな気持ちがそのまま読者に伝わってくるのである。『桐の花』の巻末につけた次のことばには恋愛事件直後の心境が語られ、それは華やかでしかも苦しかった青春に対する告別の辞であった。〈監獄いでて〉は未決監で散髪してもらっている時のことで、自己の孤独をみつめている作者の目が感じられる。

「わが世は凡て汚されたり、わが夢は凡て滅びむとす。わがわかき日も哀楽も遂には皐月《さつき》の薄紫の桐の花の如くにや消えはつべき。わがかなしみを知る人にわれはただわが温情のかぎりを投げかけむかな、囚人 Tonka John は既に傷つきたる心の旅びとなり。この集世に出づる日ありとも何にかせむ。慰めがたき巡礼のそのゆく道のはるけさよ。」(「集のをはりに」)

おとなの苦恋を経験したいま、トンカ・ジョンというような異国風で少し甘えた感じの自称をつかうこともこれで終わるのである。

煩悩即菩提　　野　晒

死ナムトスレバイヨイヨニ
命恋シクナリニケリ、
身ヲ野晒《ノザラシ》ニナシハテテ、
マコトノ涙イマゾ知ル。

人妻ユヱニヒトノミチ
汚シハテタルワレナレバ、
トメテトマラヌ煩《ボン》悩《ナウ》ノ
罪ノヤミヂニフミマヨフ。

これは第五詩集『白金之《ハツキンノ》独楽《コマ》』(大13・12刊)に「旧作」と注記して収めた作品である。第一連の内容は、死のうとすればするほど、命が恋しくて死ぬことができない、しかし、生き身を野山にさらすように、なにもとらわれることなくいっさいを放下《か》することによって、はじめて人間の涙のほんとうの意味をさとることになった、というのである。恋の対象が人妻であるため、その恋が人の道にはずれていることになるが、それでもなお恋しさを思い切ることはできず、罪の深さに苦悩するというのが第二連である。そして、その苦悩にありのままに徹することが、「マコトノ涙」を知ることにもなるのである。煩悩即菩提（苦悩＝救済）ということばがあるように、苦悩こそ、なにがほんとうの歓喜であるかをはっきりと認識させはげしくそれを希求させるのである。やはり『白金之独楽』のなかに「苦悩礼讃」として「苦悩《クルシミ》ハ我ヲシテ光ラシム、／苦悩ハワガ霊魂《タマシヒ》ヲ光ラシム」とも述べている。しかし、このような境地になるためには、なお時日を経なければならない。事件の当時は死を決意して彷徨《ほうこう》したのである。『雲母集』（大4・8刊）収録の一連の短歌「三崎哀傷歌」には「大正二年一月二日、哀傷のあまりただひとり海を越えて三崎に渡る。淹《えん》留旬日、幸に命ありてひとまづ都に帰る」と注記して

朝霧にかぎり知られぬみをつくしかぎりも知らぬ恋もするかな
寂しさに浜に出て見れば波ばかりうねりくねれりあきらめられず
八景原《はつけばら》の崖に揺れ揺るかづらの葉かづら日に照るあきらめられず
おめおめと生きながらへてくれなゐの山の椿に身を凭《よ》せにけり

などとうたっている。同じ大正二年五月には一家をあげて神奈川県三浦三崎に移住することとなり、夫と別れ白秋と正式に結婚した福島俊子もいっしょであった。以後約九か月、海をひかえた明るい田園で生活した三崎時代は、彼の生活史や制作史の上で一転機を画すこととなり、『雲母集』収録の短歌にみられる「新生」が始まるのである。その生活について「初めは小児のやうに歓喜に燃えてゐた心が次第に四方鬱悶《うつもん》の苦しみとなり、遂に豁然《かつぜん》として一脈の法悦を感じ得たと信ずる」(「雲母集余言」)と書いているように、光明にみちた玲瓏《れいろう》たる宗教的感動を中心とする白秋詩風の第二期が訪れるのである。なお、この年の一月、処女歌集『桐の花』を出版し、七月に第三詩集『東京景物詩及其他』を刊行して「パンの会」時代の作品を整理して一段落をつけたことも、心機一転の境地をもたらすのに役立っていると思う。

三崎の新生活　五月、一家そろって三崎に移り住んだ時には次のような短歌をつくっている。

水あさぎ空ひろびろし吾《わ》が父よここは牢獄《ひとや》にあらざりにけり
深みどり海はろばろし吾が母よここは牢獄にあらざりにけり
不尽《ふじ》の山れいろうとしてひさかたの天《てん》の一方におはしけるかも
吾がこころ麗《うら》らかなれば不尽《ふじ》の山けふ朗らかに見ゆるものかも

魚かつぎ丘にのぼれば馬鈴薯の紫の花いま盛りなり　（『雲母集』の「三崎新居」）

彼らの家は城ケ島を目の前にした向ケ崎の浜辺にあって、もと長崎の領事を勤めた老フランス人がしばらく住んでいたというので、異人館とよばれていた。西洋式の庭は海に面して広く、一面に青芝が生え、桟橋《さんばし》があってそこに一そうのボートが波にゆられているという情景で、白秋好みの異国情緒《エキゾチシズム》がただよっていた。しかし、彼がこの地で得たのは、かつて人工的な都会趣味として享受した異国情緒とは対照的な境地であった。海洋や田園など、素朴《ぼく》で輝かしく豊かな自然に包まれることによって、彼の詩境は繊細で華麗なものから、逞しい力強さへと移行するのである。「煌々《くわうくわう》と光りて動く山ひとつ押し傾けて来る力はも」という、巻頭の第一首にみられるように、この歌集では、宇宙の根源的生命力とでもいうべき偉大な力のはたらきに対する讃嘆が基調となっている。この力が光や山や海などの自然現象にあらわれ、白秋はそれに接することによって、宗教的感動を覚えているのである。

麗《うら》らかや此方へ此方へかがやき来る沖のさざなみかぎり知られず
かうかうと今ぞこの世のものならぬ金柑《きんかん》の木に秋風ぞ吹く
ここに来て梁塵秘抄《りやうぢんひせう》を読むときは金色光のさす心地する
照りかへる金柑の木がただひと木庭いつぱいに日をこぼしをり

これらはいずれも、自然現象の光のなかに法悦を感じとっている境地である。『梁塵秘抄』は後白河法皇撰の平安末の歌謡集で、断片しか伝わっていなかったのを、明治四十四年、偶然に一部分を発見、明治四十五年八月、佐佐木信綱校訂で刊行されて世に出た。その法文歌などには素朴で法悦的な秀歌があり、当時、白秋や斎藤茂吉などに影響を与えている。

三崎は魚港であり、父と弟とは新鮮な魚を仕入れて東京の魚河岸へ送る仲買業をはじめた。白秋も時折はボートで運搬の手伝いをした。「夏帽子にホワイトシャツをつけ、黒い大きなネクタイをふっさりと結んだ

三崎の見桃寺（上）と，白秋の住んだ部屋からみた歌碑（下）

寂しさに秋成が書読みさして
庭に出でたり　白菊の花
（昭和16年11月建立，生前唯一の歌碑）

この魚屋の短艇を見た時に土地の人は如何《いか》に驚いたであらう」（「雲母集余言」）と回想している。この仕事は結局失敗に終わり、一家は白秋と俊子を残して、東京へ引きあげることになった。父は柳河の古問屋《ふっどいや》をとりしきって、同じような仕事を大規模にやっていたわけであるから、この失敗によって、改めて倒産の悲哀を痛感したことであろう。

城ケ島の雨　白秋夫妻は二町谷《ふたまちや》の見桃寺の一室を借りて、翌三年二月に小笠原に渡るまでこの地に留まった。この時期の作「寂しさに秋成が書《ふみ》読みさして庭に出でたり白菊の花」を刻んだ歌碑が見桃寺の庭に建っている。なお、この地にあるもう一つの歌碑は城ケ島の遊ケ崎にあり、「城ケ島の雨」の冒頭の二行が帆のような形をした石に彫られている。

城ケ島の雨

雨はふるふる、城ケ島の磯に、
利休鼠の雨がふる。
雨は真珠か、夜明の霧か、
それともわたしの忍び泣き。
舟はゆくゆく通り矢のはなを、

濡れて帆あげたぬしの舟。
ええ、舟は櫓でやる、櫓は唄でやる。
唄は船頭《せんど》さんの心意気。
雨はふるふる、日はうす曇る。
舟はゆくゆく、帆がかすむ。

異人館の住居はどの部屋からも海が見え、ことに前面は城ケ島の緑と対していた。その間の海峡を多くの漁船が通り、遠くには房州の山をのぞみ、遠洋航路の汽船や軍艦が煙をひいてこの眺望の中に消えてゆく。伝統的なものと近代的なものとが交錯する景観であった。城ケ島については『雲母集』でも「澪《みを》の雨」と題して次のようにうたっている。

しみじみと海に雨ふり澪《みを》の雨利休鼠となりてけるかも
城ケ島さみどりの上《へ》にふる雨の今朝ふる雨のしみらなるかな
北斎の簑《みの》と笠とが時をりに投網《とあみ》ひろぐるふる雨の中
通り矢と城ケ島辺にふる雨の間の入海舟わかれゆく

「城ケ島の雨」は彼の詩で作曲されたものの最初といわれる。大正二年十月三十日、東京の有楽座で行なわれた「芸術座」音楽会で発表された。この時、作曲者梁田貞《やなだただし》自身が独唱し、以来、名詞名曲として広く愛誦され続けている。船頭を恋人に持つ女の気持ちになってうたった小唄ふうの詩で「ふる・やる・曇る・かすむ」などu音で終わる動詞で止めた行《ぎょう》が多いなかに、「泣き・意気」とi音の体言止めの二行が交錯し、そのほか「ふるふる・ゆくゆく」のくり返しがあって、こころよいリズムが生み出されている。内容のうえでも女性的な「忍び泣き」と、男性的な「心意気」とのコントラストが印象的で、遠く「帆がかすむ」情景も詩の終末にふさわしい。韻律的表現は白秋の詩業全般に共通する要素で、後に民謡・小唄・童謡など歌唱性中心の作品を数多く書くようになる。「城ケ島の雨」はこのような作品へと展開してゆくきっかけをつくった記念碑的作品である。この場合、古い馬子唄の「坂は照る照る鈴鹿は曇る」が意識されていると思われるが、このようにわが国の伝統的な歌謡の要素を現代に生かしているのである。なお、白秋は芸術座の公演の際の劇中歌として、「生ける屍《しかばね》」の「さすらひの歌」、「カルメン」の「別れの唄」「こんど生れたら」「憎いあん畜生」などを作詞している。いずれも中山晋平の作曲である。

俊子との別離

翌三年二月には三崎の生活をうち切って、妻および某家の姉妹を伴って小笠原父島へ渡った。俊子の肺患の療養のためでもあったが、白秋としては三崎よりもさらに光の豊かな南国的・海洋的生活環境に憧れたのであろう。しかし、島人は彼らを快く受け入れてはくれず、一行の生活は窮乏におちいったため、婦人たちを先に本土へ帰すことにした。

小笠原三界《さんがい》に来て現身《うつしみ》やいよいよ痩《や》せぬ飯《いひ》は食《は》めども
南海の離れ小嶋《じま》の荒磯《ありそ》辺《べ》に我が痩せ痩せてゐきと伝へよ
愛妻《はしづま》をもとな還《かへ》して海中《わたなか》に一人残れば生けらくもなし
父島よ仰ぎ見すれば父恋し母島見れば母ぞ恋しき
帰らなむ父と母とのますところ妻と弟妹《いもと》が睦びあふ家

（「輪廻《りんね》三鈔」）

妻よりひと月遅れて、七月、帰京して家族一同と住むようになるが、苦恋のはてに結ばれた俊子との間もついに破鏡の憂き目を見ることになった。

垂乳根《たらちね》の親とその子の愛妻《はしづま》と有るべきことか仲違《なかたが》ひたり
垂乳根の父母《おもちち》ゆゑにうつしみの命とたのむ妻を我が離《さ》る
ますらをと思へる我や貧しくて命はかけし妻に嗤《わら》はる
今さらに別れするより苦しくも牢獄《ひとや》に二人恋ひしまされり
今さらに別るといふに恋しさせまり死なば一期《いちご》と抱《いだ》きあひにけり

これの世に家はなしといふ女子《をみなご》を突き放ちたりまた見ざる外《と》に
ほとほとに戸を去りあへず泣きにけり早や去りにけり日も暮れにけり
貧しさに妻を帰して朝顔の垣根結《ゆ》ひ居り竹と縄もて
苦しさに声うちあぐるたはやすしおとなしく堪へて幾日《いくひ》籠《こも》るは
我を挙げて人をあはれと思ふ日のいつかは来らむ遥かなりけり

（「輪廻三鈔」）

俊子は派手好みの人であったらしく、白秋とともに貧窮に堪えることができず、また両親と融和しない点も彼の心痛のたねであった。深い未練を残しながらも、結局は別れなければならぬ縁であった。ここにもう一つの転機が訪れて、白秋の精神史は新しい局面へと深化してゆくのである。

ここで当時の文学活動を整理すると、三崎在住の大正二年十一月には巡礼詩社を興し、翌三年小笠原から帰って、九月に詩歌雑誌『地上巡礼』を創刊した。詩人として萩原朔太郎・室生犀星・山村暮鳥・大手拓次・矢野峰人など、歌人としては河野《こうの》慎吾・村野次郎・矢代東村・筏井《いかだい》嘉一らがこの雑誌を拠点として出発し、斎藤茂吉・中村憲吉らアララギ派の歌人たちも寄稿している。〈巡礼〉とは、理想を求めて遍歴するローマン的求道的な当時の白秋の心境を、もっとも適切にいいあらわす語であった。同じ九月に、短唱集、印度《いんど》更紗《さらさ》第一輯『真珠抄』、十二月には第二輯『白金之独楽』を刊行した。それぞれ第四第五詩集に該当するもので、翌四年に出版する第二歌集『雲母集』と合わせて、三崎時代の特色ある作風を代表している。翌四年一月には萩原朔太郎を前橋に訪問して一週間ほど滞在している。三月には全六冊に達した『地上巡礼』を廃刊、四月に弟鉄雄と阿蘭陀書房を設立して文芸誌『ＡＲＳ』を創刊した。

雀と遊ぶ

三崎時代に続いて白秋の制作史は第三歌集『雀の卵』（大10・8刊）の時代にはいる。初版本は「葛飾閑吟集」「輪廻三鈔」「雀の卵」の「三部歌集合巻」として、この順に収録しているが、これは制作の順に従ったものではない。(1)「輪廻三鈔」がもっとも古くて、小笠原時代と、麻布十番在住時の大正三、四年の作を収め、次は(2)「雀の卵」で麻布時代から葛飾に移るまでの大正四、五年の期間が扱われ、大正五、六年に東葛飾の真間、および南葛飾の小岩に住んだ時代で、集中もっとも新しい作品群が(3)「葛飾閑吟集」である。

小笠原での苦しい生活の後、俊子と別れる麻布時代、すなわち「雀の卵」時代からの白秋は、閑寂の境地への沈潜を深めてゆく。外の世界へ拡散するよりも内なるものへ集約してゆくのである。両親に対して、しみじみとした敬愛の情を捧げているのも、日常目に触れる雀の生活に愛情を感じているのも、このような身辺的・内面的な傾向のあらわれである。

あなかそか父と母とは目のさめて何か宣《の》らせり雪の夜明《よあけ》を
父母《ちちはは》の寂しき閨《ねや》の御目ざめは茶をたぎらせて待つべかりけり

（「雀の卵」）

「雀の卵」の「雉子《きじ》の尾」の一章はほとんど両親をうたった作品で占めている。次の長歌もやはりそのなかの一編である。

童と母

垂乳根《たらちね》の母の垂乳《たりち》に、おし縋《すが》り泣きし子ゆゑに、いまもなほ我を童《わらべ》とおぼすらむ、ああ我が母は、天つ日の光もわすれ、現身《うつしみ》の色に溺《おぼ》れて、酒《さか》みづきたづきも知らず、酔ひ疲れ帰りし我を、酒のまばいただくがほど、悲しくもそこなはぬほど、酔うたらば早うやすめと、かき抱き枕あてがひ、衾《ふすま》かけ足をくるみて、裾おさへかろくたたかす、裾おさへかろくたたかす、垂乳根の母を思へば泣かざらめやも。

反　歌

急に涙が流れ落ちたり母上に裾からそつと蒲団をたたかれ
ふつくらとした何とも云へぬかなしさよ蒲団の裾を母にたたかれて

おそらく、俊子を離別した後の憂鬱をまぎらせるためでもあろうか、したたかに酒を飲んで帰宅したときに母のやさしい介抱を受けて、自責と感謝の涙を流しているのである。また、雀の生態については「雀の卵」の序歌として次のようにうたっているほか、数多くの作品がある。『雲母集』の「大きなる手があらはれて昼深し上から卵をつかみけるかも」という作品は、七面鳥の卵のことらしいが、原始的でデモーニッシュな力があたりに漂う午下《ひるさが》りのころに、大きな手があらわれて上からむずと卵をつかんだ、という意味である。同じく卵であるが次の「雀の卵」の作品をみると、両者の歌境の相違はきわめて対照的である。

雀のみ住みてささ啼く雀の巣卵守《も》るとは人に知らゆな
春は軒の雀が宿の巣藁《わら》にも紅き毛糸の垂れて見えけり
巣の中にいくつ卵をまもればか雀は寝ぬぞ春の月夜に
しら玉の雀の卵殻われてまこと雀の声立てむ何時《いつ》

このような雀への愛情は次の葛飾時代にはいっていっそう強まり、短歌作品のみならず、大正六年ごろからは雀の生活の観察によって得た思索の跡を、随筆として雑誌に発表しはじめた。後に「雀と人間との愛」「雀と人間の相似関係」「雀と人間との詩的関係」他五編をまとめ、『雀の生活』と題して、大正九年二月新潮社から出版している。

大正五年五月、白秋は二度目の妻江口章子《あや》と結婚し千葉県東葛飾郡真間の日蓮宗亀井院に寄寓《ぐう》した。すぐ傍《そば》には、手児奈《てこな》が水を汲んだと伝える井戸があった。この地の生活から、「葛飾閑吟集」の歌境が始まるのである。

葛飾の真間の手児奈《てこな》が跡どころその水の辺のうきぐさの花

堪えがてぬ寂しさならず二人来て住めばすがしき夏立ちにけり

この夏や真間の継《つぎ》橋朝なさなゆきかへりきく青蛙のこゑ

「葛飾閑吟集」の境地

わずか二か月で七月には江戸川べりの東京府下、南葛飾郡小岩村三谷（現在、江戸川区）に移った。地蔵橋のたもとにあった乾草仲買商の離れを借り、この仮寓を紫煙草舎と名づけた。現在、「いつしかに夏のあはれとなりにけり乾草小屋の桃いろの月」を刻んだ歌碑が建っている。彼は翌六年六月に東京市内へ転居するまでの約一年間をここに住み、小犬の哥路《コロ》と子がらすを飼い、雀と村の子供たちを遊び相手とする清貧の生活を続けるのである。葛飾の地はもとより都会ではないし、また三崎のような明るい海辺でもない。ごく平穏な田園である。このような風土が白秋の心境をおのずから沈静的にしたのであろう。三崎での光明礼讃、法悦的陶酔の反作用として、麻布時代の沈潜があり、葛飾時代に至ってさらにこれを深めて、いぶしのかかった閑寂な境地を求めるようになったのである。そして、このような傾向をつくり出しているのは、居住地の風土の影響とともに、俊子と章子《あや》という側近の女性の性格の相違も作用しているのかもしれない。ともかく、『桐の花』の散文「昼の思」のなかで「芭蕉の寂びはまだうら若い私達が落ちつくところではない」といっていたが、大正十年に『雀の卵』を出版する際に書いた「大序」では「つくづく慕はしいのは芭蕉である。光悦である。大雅堂である。利休、遠州である」という心境に到達するのである。

なお、大正五年の小岩時代には巡礼詩社を閉じて紫煙草舎を興し、十一月には『煙草の花』を創刊し、二号で廃刊している。翌六年六月には京橋区（現在、中央区）築地に仮寓、ついで八月には本郷区（現在、文京区）駒込動坂に移った。貧窮生活が続いたが、みずから詩歌の道に専心することを決意して、九月「紫煙草舎解散の辞」を書いて、門下との直接的な交渉を絶つこととした。そして歌の門流には歌誌『曼陀羅』を、詩の門流には詩誌『詩篇』を刊行させて自身は顧問となった。十一月には室生犀星の処女詩集『愛の詩集』の序を執筆したり、短歌雑誌『珊瑚礁』に「洗心雑話その一」を発表している。この年、弟鉄雄は書店アルスを開き、妹イヱが、白秋とは「パンの会」以来の友人山本鼎と結婚した。

拡　充

小田原に移る

大正七年二月に白秋は東京から神奈川県小田原十字町お花畑に転じ秋には同地の天神山の浄土宗伝肇寺《でんじようじ》に間借生活をはじめた。小田原という海に近い土地は、三崎時代の連想から、なにか明るい気分が感じられるが、やはりこの転居によって彼の貧窮生活はしだいに解消のきざしがあらわれるようになる。その一つは、この年の七月に鈴木三重吉が創刊した児童芸術雑誌『赤い鳥』の童謡の面を担当し、新しい童謡運動に尽力するようになったことである。彼は創刊号に「りす〳〵小栗鼠《こりす》」「雉子《きじ》ぐるま」、第二号には「とほせんぼ」「子守うた」というように毎号創作童謡を発表している。そして、「りす〳〵小栗鼠」は成田為三の作曲、第三号の「雨がふります。雨がふる。／遊びにゆきたし、傘はなし、／紅緒《べにを》の木履《かつこ》も緒が切れた。」(「雨」)は弘田龍太郎作曲で、広く親しまれた。その他にも彼の作品には作曲されたものが多く、やがて西条八十《やそ》、野口雨情とともに童謡全盛時代をつくり出すのである。

りす〳〵小栗鼠《こりす》

栗鼠、栗鼠、小栗鼠、

ちよろ〳〵小栗鼠、
杏《あんず》の実《みイ》が赤《あア》かいぞ、
食べ、食べ、小栗鼠。

栗鼠、栗鼠、小栗鼠、
ちよろ〳〵小栗鼠、
山椒《さんしよ》の露《つうゆ》が青《あアお》いぞ、
飲め、飲め、小栗鼠。

栗鼠、栗鼠、小栗鼠、
ちよろ〳〵小栗鼠、
葡萄の花《はアな》が白《しイろ》いぞ、
揺れ、揺れ、小栗鼠。

『赤い鳥』創刊号の巻頭を飾ったこの童謡は、繰り返し語《リフレイン》法の多いことや、「実が赤い」「露が青い」「花が白い」の振り仮名にもあらわれているように、口にのせて歌うリズム

『赤い鳥』創刊号

が中心になっていることや、赤・青・白などの色彩語の使用などの点で、白秋詩歌の特色がよく示されている。彼は『赤い鳥』にすぐれた童謡を発表したばかりでなく、この誌上で児童自由詩の指導を行なった点が注目される。童謡とは、定型的で韻律性を主とし、成人が書いて児童が歌うものであり、児童には彼らの内面性に即した自由詩を書かせるべきだというのが白秋の主張であった。『赤い鳥』によって白秋の自由詩、山本鼎の自由画、それに三重吉の綴方《つづりかた》の指導が行なわれたことは、年少者に創作活動を体験させる有意義な試みであったし、これによって白秋自身の童謡への情熱もかきたてられたのである。

童謡という新領域とともに翌八年には小説にも手を染め、「葛飾文章」を『中央公論』に発表し、「金魚経」を『雄弁』に連載した。前者は「葛飾閑吟集」の内容と共通する要素があり、後者は僧侶をモデルとし、小田原の生活から取材している。また九年には一か月余り『大阪朝日新聞』に「哥路《コロ》」を連載したが、内容上「葛飾文章」を受けるものである。彼の小説はほとんどが自伝風の題材を中心とし、これに季節の風物についての感覚などを連関させた詩的興趣の濃い作品である。

こうして執筆活動も多くなり、生活もようやく窮乏を脱し、八年の夏には小笠原での記憶にもとづいて草ぶきの小屋を建てて「木兎《みみづく》の家」と名づけ、隣りに方丈風の書斎をつくったりした。九年二月には、小田原移住以後大部分を執筆した『雀の生活』を一本にまとめて新潮社から出版もした。そして、六月には本建築の新館を建てることになったがその地鎮祭の後、ある事情があって、葛飾以来の妻、章子と別れなければならなくなったのである。

安定した生活

ほんとうに安定し充実した生活を白秋にもたらしたのは、大正十年四月、大分《おおいた》の人佐藤キクとの結婚である。彼は数え年の三十七歳であった。当時ようやく活発になろうとしている文筆活動も家庭的な落着きとともにいっそうの深まりと広がりとを加えるようになり、ここから彼の後半生の全力的な活動が始まるのである。翌年は長男隆太郎が誕生、十四年には長女篁《こう》子をも得て、白秋はにぎやかで平和な家庭生活をたのしむこととなり、著作も弟が経営するアルスから次々と精力的に刊行されるようになる。

大正十年一月には、山本鼎・片上伸・岸辺福雄と雑誌『芸術自由教育』を創刊し、ついで十一年には山田耕筰と『詩と音楽』を創刊している。こうして、白秋はその詩業の特色である韻律性をますます展開させてゆくのである。先に第一童謡集『とんぼの眼玉』（大8・10）を刊行して以来、『兎の電報』（大10・5）、『祭の笛』（大11・4）、『花咲爺さん』（大12・7）と著作を重ね、これと平行して、翻訳童謡集『まざあ・ぐうす』（大10・2）、民謡集『日本の笛』（大11・6）を出版するなど、歌謡的な面での活動が目立ってきた。

小田原山荘竹林の方丈の前にて。
白秋夫妻，幼児は長男隆太郎と長女篁子。

一方、いままで座右において推敲《すいこう》を重ねてきた歌集『雀の卵』の編集を完了して刊行したのは大正十年八月であった。なお、刊行に際して長文の「大序」を執筆しているが、ここに示されている閑寂境への傾倒はすでに葛飾在住のころから形成されてきた方向であって、この「大序」において確認され、以後の作歌態度の基調となっている。それはかつての華麗な官能性を離れたもので、当時の歌壇ではアララギ派の流風に近い傾向である。しかし、白秋は、単なる平板な写生を否定し、対象と合一する真の象徴的芸術への志向を、次のように主張しているのである。

「正直に写生せよといふことは無論正しい。正しいが、それは歌作上の根本義であると云ふだけで、それだけではまだ初歩だと考へる。そこから当然出発すべきではあるが、実相の観想、そのものが正直でも鈍く、形は写しても神に徹せず、無為で平凡で無選択である場合、殊に真の音楽を知らず、真の愛なき（略）作品は、詩と云ふ第一の見地から見て決して優秀なものとして遇する訳にはゆかない筈《はず》である」

「写生の唱道は啓蒙運動として見る時に価値があるが、真の芸術の絶対境はその写生から出てもっと高い、もっと深い、もっと幽かな、真の象徴に入って初めてその神機が生き気品が動く。さうして彼と我、客と主の両体が、真の円融、真の一如の状態に合して初めて言語を絶した天来の霊妙音を鳴り澄ますのである」（『雀の卵』大序）

写生はもとより制作の基本であるが、単に外形を写すのみでなく、対象の本質に迫り、そこから汲みとった作者の意識が真の芸術であるという、つまり対象と作者、客と主との合一によっていっそう高次の境が生み出されるという見解である。「大序」のなかで「つくづく慕はしいのは芭蕉である」と書いているが、次のような芭蕉の発言こそ、まさに、白秋が範としたものであろう。

「松の事は松に習へ、竹の事は竹に習へと師の詞のありしも私意をはなれよといふ事也。（略）習へといふは、物に入つてその微の顕れて情感ずるや、句となる所也。たとへば、ものあらはにいひ出でても、そのものより自然に出づる情にあらざれば、物我二つに成りて、その情誠に至らず。私意のなす作意也。」

（服部土芳『三冊子《さんざうし》』）

簡単に現代語訳を試みておく。〈「松の事は松に習へ、竹の事は竹に習へ」という先生の語が残されているのも、私意を離れよということを教えられたものである。いったい「習へ」というのは、成心を捨てて松なら松という対象の中にはいって一体となり、その結果、対象の微妙な生命（個性・本質）が明らかにみえてきて、自分の詩情をよびさますやいなや、直ちにそれが句の形で表現される、ということなのである。いかにその対象をあからさまに句の表面によみ出したところで、その対象からしぜんに発する情でなければ（対象の生命と自己の詩情とが合一する境地にはならず）対象と自己とが二つに分裂してしまって、その句にあらわれた感情は、風雅の誠にまで至ることはできない。それは私意のはからいによるつくりものに過ぎないことなのである。〉

問題は表現の際の、「客体と主体」の関係、「対象と作者」の関係である。その場合、芭蕉は「主」にとらわれる「私意」を戒め、白秋は「客」のみに着眼する平板な「写生」では不十分であることを主張しているのであるが、どちらも、作者と対象の一致、主客合一による高い境地を目的としているのである。

『水墨集』の世界

歌集『雀の卵』で確立された芭蕉的閑寂境、東洋的枯淡の精神を詩の方面で具現したのが、大正十二年六月刊の第五詩集『水墨集』である。小田原地方に降雪の多かったこの年の一月、二月の感興によって成った諸編を中心とし、先に『明星』に発表した「落葉松」（大10・11）、「月光微韻」（大11・7）などを加え、巻頭には詩論「芸術の円光」をすえた、大部の詩集である。この跋文《ばつぶん》で、「在りのままに在らせてもらふこと、この忝《かたじけな》さに私は礼拝する。自然への随順、実相観入、この所念は幾度も私が云つた。まことに正しく高く常に虔《つつ》ましき観相こそは尚《たつと》ばるべきである。境涯の詩がここより生れる。」「私の今日の詩は寂しい。ほとんどは水墨の筆触である。而も私は実相の新鮮さに常にうたれる。」と書いているのは、先に引用した『雀の卵』の「大序」の境地をさらに深めたもので、ここに本集の性格が示されている。初期の詩にみられた華麗さや激情は内に沈潜し、かつて異国的な極彩色の油絵のような感じは、東洋的・日本的な淡彩の墨絵の気分に移っている。つまり、「落葉松」などに代表されるようなさびさびとした詩境である。しかし、はじめからの水墨画なのではなくて、複雑で豊麗な色調を経由したうえでの淡彩である点に本集の詩業の特色がある。次の作品などには、かつての白秋の詩の傾向が、ちらっと顔をのぞかせている。

雪中思慕

雪は霏々《ひひ》として、蒲《がま》の穂につもり、
灰いろのへら鷺も今は姿をひそめた。
わたしは小さな簑笠を着た童《わらべ》、
この雪に日の暮に何処《どこ》へ行つたものか、
片手にはまだ亀の子の温かみがあるのに、
遠い母里《ははざと》の金のランプも見つからぬ。
ああ霏々としてふる雪の郷愁《ノスタルヂヤア》。

『水墨集』を出版した年の大正十二年には旅行が多かった。まず二月に前田夕暮と三崎に遊び、「半島の早春」と題して両名で『詩と音楽』誌上に短歌を発表している。白秋がどこというあてもなく小田原から汽車に乗ると、偶然前田夕暮に会った。大島に行くつもりが、船に乗り遅れたのでひき返すところだという。そこで、どこかへ行こうということになって、横須賀で下車して、自動車で三崎に向かったのである。

遙かの山ぎざぎざに白し半島の上をわが自動車はまつしぐらなる

今は無き我が家の跡に櫓かけて磯の良夜を子ら太鼓うつ
春あさき囃子《はやし》求め来て月の磯の我家の跡の汐あかりみつ
ああ今夜も城ケ島のとつぱづれに燈台の火が青う点《つ》いてる

横須賀ですでに夕刻であった。三崎にはいるとどこかで太鼓の音が聞こえる。近づいてみると、彼の旧居跡でやぐらを組んで子どもたちが明るい月光のもとで鳴らしているのであった。旅館に泊り、なつかしい城ケ島をながめて酒をくみ交わして歓を尽くした事情などについては、前田夕暮がその著『白秋追憶』（昭23）のなかで懐しさにあふれる筆致で回想している。彼もまた、「富士黒く向ふに尖《とが》り半島のこの原つぱの真つ直ぐな路」（夕暮）など、多くの作を残している。これは、車を駆って三崎へ向かう途中の風景をうたったものである。この時の白秋の作は記録的・即興的で気軽な歌いぶりのものが多く、旅の愉快な気分の反映が感じられる。城ケ島を眺《なが》めた口語歌などもこのあらわれであろう。十年前に三崎へきたのは死を求めての流離の旅であったが、いまはまさに行楽の旅である。現在では詩名は確立しているし、年齢的に分別もあり、何よりも、安定した家庭生活が背後のささえとなって、旅を楽しむ心のゆとりをもたらしていると思われる。

旅の歌

次いで、翌三月には夕暮・矢代東村・大木篤夫（惇夫）らと武州御獄《みたけ》に吟行を試みた。青梅《おおめ》の宿に一泊して、翌日登山したのであるが、その途上、古い造酒屋《つくりざかや》の前に立って郷里の実家を思いおこしたり、陽だまりで餅つきをしている農家ののどかな様子に感じ入ったりして、これらの情景を長歌としてまとめている。さらにしばらく行くと、道ばたに三椏《みつまた》の黄色い花が咲き清水が流れ、どこからか機《はた》の音が聞こえていた。早春の気の漂う山村風物も白秋の心をとらえた。

道のべの春

きさらぎや多摩の山方《やまがた》、まだ寒き障子《あかりど》の内、人影の手に織る機の、ていほろよ筬《をさ》うつらしき、立ちとまり、うつらに聴《き》けば、からりこよ、杼《ひ》の鳴るらしき。三椏《みつまた》の花咲き湿《しめ》る、山の井の、下井の水も滴《したた》るらしき。

反　歌

障子にすずろにひびく筬の音山辺の春はすでに動きぬ
山かげの懸樋《かけひ》の縁《へり》の紐氷柱《ひもつらら》本末《もとすゑ》ほそうなりにけるかも

四月には妻子同伴で長野県小県郡大屋《おおや》へ行き、義弟山本鼎の経営する農民美術研究所の開所式に列席した。ここで一連の口語歌をつくっている。『新選北原白秋集 詩歌篇』(昭3)に載せた時は次のように行を改めて書き、表記上でも口語歌的な味わいを出している。

もうすぐだ、
農民美術の展覧会だ、
信濃の春も
目に見えて来た。

（「農民美術の歌」）

固い胡桃《くるみ》だと、
びしりびしり押しつぶしてる、
となりの未醒が大きな両掌《て》。

（「開所式と丘の上の宴会」）

注、「未醒」は画家、小杉放庵の前号。

前田夕暮宛《あて》書簡で「口語歌を本気でひとつやってみようぢやないか。僕は二十ばかり作ってみた。今度会つたらひとつ批評してくれたまへ」（大12・7）と書いているのは、この折の作品をさすものと思われる。このころから口語歌に興味を持ち、翌年、刊行された歌誌『日光』でも時々試みている。そして、「口語歌寸感」（大13・5）を書いて、短歌の用語として、口語と雅語との性格上の相違や、口語のために字余りが生じてもやはり根本的には短歌という伝統的な型式を確保しなければならない、などの問題を考察している。白秋は童謡や歌謡などを口語で書いている点もあって、口語歌について肯定的ではあった。しかし右の文章において「短歌は短歌として格律が口語として守られなければならないから事が容易でないのである」と述べているように、その限界を心得ていたので、口語歌運動をそれほど積極的に推進しようとしたわけではなかった。

農民美術の歌

「農民美術の歌」は題材や発想が口語歌としてふさわしく、白秋らしいあふれる詩情によって一連の秀作が生み出された。生前、未刊歌集『海阪《うなざか》』のなかの一章として『白秋詩歌集第三巻』（昭16）に収められた時は次のように一行書きの表記に改めている。

シルクハットの県知事さんが出て見てる天幕《テント》の外の遠いアルプス
あの光るのは千曲川ですと指した山高帽の野菜くさい手
いま注いだ麦酒《ビール》のコップと瓶の黒とにはたはたとあふる天幕《テント》の反射
風だ四月のいい光線だ新鮮な林檎《りんご》だ旅だ信濃だ
いい言葉だまつたく素朴な雄弁だ村長さんだなと林檎むいてる
さあプロジットだ地面《ちべた》いつぱいに敷きつめた大鋸屑《おがくづ》を飛ばす早春の風

シルクハットと山高帽で、知事や村長を印象的に造型し、それにアルプスや千曲川など地理的風物を配している。ビールをついだり、林檎をむいたり、風が天幕を翻《ひる》がえしたりするなど、動的な題材を駆使して、生気にみちた連作としている。農民たちの製作物をうたった短歌も、素朴な民芸品の味わいを写すのに、口語の表現が効果的に使用されている。

　麦の穂をすうつと緑で描いてあるなんと素朴な生地《きじ》の木の鉢
　ふかしたての赤馬鈴薯《あかじやがいも》をこてこて盛つて食べろと出した木彫科の鉢
　臼《うす》見たいなこの椅子を見ろゑぐつた木の根つこだ林檎畑の昼めしの椅子だ
　おおこれは両手をあげてる天を見てる木彫の百姓だおつたまげてる（彫刻人形）
　赤に黄の風呂敷かぶつて葱《ねぎ》をかかへてまだ娘だろかたい雪道

大屋につづいて、別所温泉や信濃追分、沓掛《くつかけ》などに滞在し、碓氷《うすい》峠を越えて群馬県に出た。現在、横川に、この時の作品「碓氷嶺《ね》の南おもてとなりにけりくだりつつ思ふ春のふかきを」の歌碑が建っている。

さらに五月には夕暮・古泉千樫《ちかし》・橋田東声らと千葉県印旛沼のほとりに吉植庄亮を訪ね、八月には夕暮・東声・庄亮・矢代東村・矢島歓一らと塩原温泉に旅行し、ここでも口語歌をつくっている。

渓《たに》の湯に
髪洗つてゐる裸婦がゐる
薔薇色の手だ、
群青だ、水は。

今はもう子どもばかりだ、
渓の湯が金色に揺れて
空が焼けてる。

白秋らしい、色彩感に富んだ歌で、子どもをうたった作品などは題材と口語表現とで童謡的な趣に近づいている。

関東大震災　この年、九月一日には関東に大地震があり、火災も発生して東京は壊滅し、白秋の小田原山荘も半壊して、しばらくは庭前の竹林で生活した。生前、未刊の歌集『風隠集』では次のようにうたっている。

世を挙げて心傲《おご》ると歳久し天地の譴怒《いかり》いただきにけり（天意下る）
大正十二年九月ついたち国ことごと震亨《しんとほ》れりと後世警《のちよいまし》め
牝牛立つ孟宗《もうそう》やぶの日のひかりかすけき地震《なゐ》はまだつづくらし（牛）
親しくも幽けき秋や篁《たかむら》の外《そと》べの柿のうれ葉赤みぬ（中秋きたる）

十月には『詩と音楽』の震災記念号を出して廃刊、全十三冊であった。

この大震災は大正末期から昭和初頭にかけての社会変動の始まりを告げる天変地異であった。自然の災害によって、東京が壊滅した時、大杉栄・伊藤野枝が殺され、暴動のくわだてがあるという流言によるとはいえ、多数の朝鮮人が虐殺されるという人権無視の事件があった。十四年には中等学校で軍事教練が必修となったり、治安維持法案可決など、大正文化におけるデモクラシーや自由主義的傾向を終わらせようとする徴候があらわれ、人間性抑圧を示す情勢が見えはじめてきた。大正十五年に改元となり翌昭和二年には金融恐慌がおこって銀行の破産があいつぎ、こうした社会不安を背景として多くの知識人が革命思想に接近するようになり、プロレタリヤ文学も大きな力を伸ばしてくるようになった。すでに、大正十三年にはプロレタリヤ文学の『文芸戦線』、新感覚派の『文芸時代』が創刊され、二つの異なる文学的傾向が旗印を明らかにした。それゆえ、この年から昭和文学が始まるという見方もできる。ともかく、大正十二年の震災を境にして、時代は大きく変わってくるのである。

『日光』の創刊

歌壇においても、大正から昭和へかけて、一つの新しい運動として、歌誌『日光』を中心とする歌人の団結がみられた。その「創刊の言葉」は

「『日光』光耀《くわうえう》周辺に遍《あま》ねき私たちの『日光』、私たちはいまこの日光のもとに相集まり相睦び、日光の暖かさに纂《さん》浴しながら、私たちのたづさはる芸術分野に楽しき空気を息吸はうとしてゐます」

と述べているし、巻頭言として白秋が「日光を仰ぎ、日光に親しみ、日光に浴し、日光のごとく健やかに、日光とともに新しく、日光とともに我等在らむ」と書いていることによって、発足の趣旨は明らかである。当時、短歌結社が固定化して沈滞し、しかも結社相互が反目対立している状態を打破して、自由で明るい、歌人たちの団結をはかろうとしたものである。有力歌人約三十名の同人誌で、表紙には赤い太陽が輝き丘に三か所草木が生えている童話風の構図が採用された。この集団の結成に白秋と夕暮は精力的に活躍し、他に吉植庄亮・土岐善麿、『アララギ』からは石原純・古泉千樫・釈迢空、『心の花』からは川田順・木下利玄などが参加した。歌壇の大きな勢力であった『アララギ』に対抗する当時の主要な歌人はほとんどここに集まり、昭和二年十二月まで約四年間に三十八冊を刊行した。

超結社雑誌の特色を生かして各人は個性に応じて自由に作品を発表し、口語歌や短唱、新俳句などの試みも行なわれ、当時盛んになろうとしていた口語歌運動や自由律短歌運動に、刺激を与えることにもなった。なお、白秋の「季節の窓」、夕暮の「緑草心理」、善麿の「村荘雑筆」などの随筆も注目すべき収穫であった。末期には団結が破れ、同人間の感情の対立も生じてやがて廃刊になったが、前半においては各人が個性

吉植庄亮と海豹島にて（大正14年）

に輝きながら、しかも調和の実を挙げ、生気にみちた活動が展開された。ともかくこの雑誌の意義は、大正末から昭和期へかけての歌壇に新しいエネルギーを吹きこんだことであった。白秋はその創刊から廃刊までもっとも主要な同人として活躍したのである。

樺太・北海道旅行

大正十四年七月には吉植庄亮と樺太・北海道へ旅行した。この時の収穫は、後に刊行する詩集『海豹《かいひょう》と雲』（昭4・8）のなかの「汐首岬」「曇り日のオホーツク海」「鴨」などや、紀行文集『フレップ・トリップ』（昭3・2）の諸編、それに歌集『海阪』の樺太・北海道詠など、数多くのすぐれた作品が生み出された。たとえば、このうちの長詩「鴨」は韃靼海《だったんかい》での所見で、対象の現実を確実にとらえ、しかもその現実を作者の内部で高い芸術境にまで昇華させた傑作である。

鴨

鴨だ。鴨だ。鴨が
すべりあがる。おお、

大きいうねりの窪みから――
深い深い底の奥から、
もこりもこりと盛りあがる部厚な波、
そのうねりの阪へかかつた、揺り揺られて。

鴨の、なんと、
黄色い嘴《くちばし》だ、鮮かな、
横を向いて、
留る、と、高みきつたうねり波の峰が
飛沫《しぶき》ひとつ立てずに、広くなだれる。
平かに
はるばるとした世界が見える。

もっこりと部厚に盛りあがり、しぶきもたてずにうねる雄大な海と、この波に浮かぶ一羽の鴨。大きな海と小さな鴨とは対照的ではあるが、この鴨は決して卑小なものではない。小さな鳥ではあるが、可憐でしかも悪びれぬ健気《けなげ》さは、海の雄大さ以上に感動的である。この詩の声調も、この感動を表現するのにふさわしく、自由で生気にみちている。鴨の姿は、「鴨の、なんと、／黄色い嘴だ、鮮かな、／横を向いて」という箇所などに、きわめて鮮明に描き出されている。「小さい鴨の水搔《かき》。／ぴったりとつけた胸毛の／燃えるような濃い青」（第五連）という表現もある。さらに、次に引用する箇所などでは、鴨の現実の姿と、そこから内面的な生命感を受けとっている作者の心象とが、躍動的にうたわれている。

鴨は啼《な》かない。
まつたく黄色い嘴《くちばし》だ、さうして、
おお、おお、揺れてる、乗つてる、辷《すべ》つてゐる、
小さい、整つた、
美しい、きつちりした
鴨の象《すがた》、
箇《こ》の叡智、
ああ、一つの正しい存在。
あ、かくれた。向うへ落ちてゆく。　（第七連、部分）

「箇の叡智」については、第三連に「なんとまた、光つた／叡智の瞳」という詩句がある。りりしく、賢

こそうな、ちょっと、きょとんとしている鴨の顔付である。右の「小さい、整つた」以下、短い語で改行している、歯切れのよいリズムには、鴨の姿態に感動する作者の気息が伝わってくるようである。

豊熟

小田原から東京へ

小田原山荘での、あしかけ九年にわたる生活を切りあげ、一家を挙げて上京し、谷中天王寺墓畔に転居したのは大正十五年三月、時に白秋は四十二歳の壮年であった。谷中の墓地の中央にそびえる五重の塔を仰ぐ、静かな明け暮れで、「塔《あららぎ》や五重の端反《はぞり》うつくしき春昼《しゅんちう》にしてうかぶ白雲」とうたっている。また、彼と同じ名の「白秋」という人の墓を発見して、墓碑によると性格も似ているらしいのに親しみを覚え、「この墓に日ざししづけくなりにけりきのふも来り永く居りにき」というように、時折訪れては花をささげたりした。このころの短歌は『白南風《しらはえ》』（昭9）の巻頭「天王寺墓畔吟」に収められている。そこに「墓畔吟なれども必ずしも哀傷せず、世は楽しければなり」と注記があるように、彼の生活は順調であった。白秋の詩境も、この年あたりからますます豊熟の域を深めてゆく。たまたま、この出京の年の十二月には大正は昭和と改元し、時代的にも新しい段階が始まろうとしているのである。

十一月には詩誌『近代風景』を創刊主宰している。河井酔茗・木下杢太郎・三木露風その他多くの執筆者を得、ここに登場する新進の詩人には大木篤夫・吉田一穂・三好達治などがいた。当時の白秋の『海豹と雲』の詩風を反映して、穏和で安定した雰囲気を持つ雑誌で昭和三年八月までに二十二冊が刊行された。谷中の生活は約一年で、翌年は大森郊外の馬込緑ケ丘に、さらに次の年は世田谷の若林に転じ、それぞれ新しい環境が作歌の題材となった。

郷土飛翔吟

気軽に居を転ずる行動的な白秋は、諸方へよく旅行もした。昭和三年七月には、大阪朝日新聞社の依頼で画家恩地孝四郎と旅客機で福岡県太刀洗《たちあらい》から大阪へ飛び、日本で初の芸術飛行として注目をあびた。これに先だって、妻子を伴って二十年ぶりに郷里へ帰り、試乗の意味で南関《なんかん》や柳河の空を飛行し、この際にできた多数の作品は歌集『夢殿』の「郷土飛翔《しょう》吟」の章に収められている。

母《おや》の国筑紫この土我が踏むと帰るたちまち早や童《わらべ》なり
（海を越えて）

百日紅《さるすべり》老木しらけて厠戸《かはやど》の前なる石もあとなくなりぬ
（外目《ほかめ》、石井本家）

三日三夜《みかみよ》さ炎あげつつ焼けたりし酒倉の跡は言ひて見て居り
（生家）

20年ぶりに帰郷の折，恩地孝四郎と柳河にて（昭和3・7）

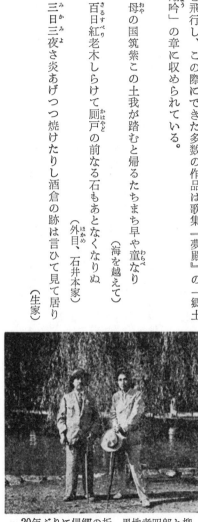

はじめの歌には、郷土に帰るうれしさがあふれている。かつての幼少年時代の自分が生き生きと思い出されてくるのであろう。少年のころ、夏ごとに訪れた外祖父の家の荒廃の様子に心をうたれ、生家の前では、かつての大火に焼け落ちた酒倉の跡について同行の人々に往時を語っているのである。次に引用するはじめの二首は試乗の時、後の三首は本飛行の際の吟詠である。

草家古り堀はしづけき日の照りに台湾藻《ウオーターヒヤシンス》の群落が見ゆ　（離陸、柳河へ柳河へ）
棚畑の煙草《たばこ》の花の夏霞祖父《おほちち》のみ墓今ぞ飛び越ゆ　（南関《なんかん》上空）
眼下《まなした》の深田《ふけだ》に映る日の在処《ありど》かがやきしるし月のごと見ゆ　（本飛行）
目にとめて下なる虹の中飛ぶは単葉機我の蜻蛉《あきつ》なす影
翼《よく》のかげ支柱に映りしづかなる飛行はつづく夕火照《ゆふほて》る海

このほか昭和四年春の四十余日にわたる満蒙の旅をはじめ、九年夏の台湾旅行、そして十年夏の朝鮮の旅など、海外にも出かけている。白秋は依頼に応じて、風土の特色を詩歌につくり、このため国内各地を旅行することも多かった。民謡「ちやつきり節」は静岡電鉄のために、昭和二年に書いたものであるが、土地の風物や方言を巧みにうたいこみ、表題のように茶つみのはさみの音がはやしことばとして生かされ、町田嘉章の明るい作曲で広く普及した。

一方、童謡の作も多く、昭和四年にはそれまでに執筆した童謡論や童謡集の序・跋《ばつ》などを集成して『緑の触覚』を刊行した。童謡は白秋の資質に連なるもので、決して作詩作歌の余技ではなかったし、それに、ふたりの子どもの成長を身近に見ていることもよい刺激になったことであろう。童謡集の刊行も、前記の『花咲爺さん』以後、『子供の村』(大14・5)、『二重虹』(大15・3)、『象の子』(大15・9)と続き、昭和四年には『月と胡桃』(昭4・6)を出版した。

水墨から白の世界へ

同じ、昭和四年には詩集『海豹と雲』も刊行された。ここには、前記の「鴨」に代表される雄大な詩情とともに、「古代新頌」の諸編にみられる蒼古《そうこ》な感覚や、「古き花鳥図」の章の主調である「白」の詩境が注目される。「金と赤」から「水墨」へ、そして、いま到達した「白」の境地こそ白秋の詩業の頂点とみることもできるであろう。外発的な鮮かさと、求心的な落ちつきと、この二つの相反する両極的要素の総合である。

白

目ざましきもの、花辛夷《はなこぶし》、
白き胸毛の百千鳥。

夏は岩が根、白牡丹、
白光《びやく》放つ番《つが》ひ鳩。
秋は月夜の白かんば、
白き鹿立つ杣《そま》の霧。
へうと飛びゆく雲は冬、
鶴に身をかる幻術師。
何か坐《ま》します、山の秀《ほ》に、
雪の気韻は澄みのぼる。
（『海豹と雲』）

この昭和四年には長歌集『篁《たかむら》』も出版されているが、何よりも、『白秋全集』十八巻の刊行が決定したことは、それまでの大きな量にのぼる業績を定着させて、いっそうの豊熟への展開を約束する意味を担っていた。時に白秋四十五歳である。詩歌人をはじめ楽壇や学界・画壇など多くの人々の発起によって、刊行決定の祝賀会が東京会館で催され参加者五百名に及ぶ盛会であった。なお、全集は昭和九年一月に完結した。
昭和六年初夏、砧《きぬた》村大蔵西山野（現在、世田谷区）に転居してから、また歌作に熱が加わり、『白南風《しらはえ》』

祖師谷大蔵にて　左より隆太郎，菊子夫人，篁子，白秋（昭和6年夏）

（昭9）の歌風が確立されてゆく。翌七年には吉田一穂・大木惇夫と詩の季刊誌『新詩論』を創刊した。八年二月に出た第二編には宮沢賢治が詩「半陰地選定」を寄稿している。彼は白秋と面識はなかったが、早くから私淑して影響を受けていたので、編集部からの出稿のすすめに喜んで応じたのであろう。なお、賢治はこの年の九月に他界している。

「多磨」短歌会の結成

白秋の旅行は、相変らず活動的に続けられる。十年一月には妻子と伊豆湯ケ島に滞在し「渓流唱」の吟詠を得た。その代表作「行く水の目にとどまらぬ青水沫《みなわ》鶺鴒《せきれい》の尾は触れにたりけり」は近代の幽玄歌風をうちたてた記念碑的作品とされている。ここから『白南風』歌風はさらに深化されて、歌集『渓流唱』『橡《つるばみ》』（ともに白秋没後、昭和十八年刊）の境地へ接続してゆくのである。こういう深化展開の実践的なあらわれとして、この年の六月に、多磨短歌会を結成し、歌誌『多磨』を創刊し、主宰した。このころ、『多磨綱領』を草し、後に『短歌の書』(昭17)に収めているが、これによると会の結成についての主張を次のように述べている。

「多磨の期するところは何か。浪曼《ローマン》精神の復興である。「詩」への更生である。日本に於ける第四期の象徴運動である。近代の新幽玄体の樹立である。正統を継ぐ芸術良心の、ひたむきな純一の集中である。

而《しか》も、多磨は既往の浪曼派ではない。この白秋も今は又年少の詩徒ではない。(略)『邪宗門』『思ひ出』の昔より、踰《こ》ゆべきものは登つて来た。拓《ひら》くべきものは拓いて来た。心身共に詩の精神に薫染《くんせん》され、而もまた秘密荘厳の実相をも修業として、この多年に審《つぶ》さに観た、体験して来た。而して象徴の玄義を之等の円融の中心に於いて、秋《とき》に漸《ようや》く発香しようとするのである。」(「多磨綱領」)

このように、ローマン精神こそは「多磨」の文学運動の基底であった。白秋によれば、日本の象徴詩運動は第一期が中世の新古今集、第二期は近世の俳諧、第三期は海潮音などを中心とする近代明治末年の詩業であり、「多磨」の運動はその第四期を形成するというのである。新古今集の文芸理念の幽玄を継承発展する意味において「近代の新幽玄体」の樹立という主張が生まれるのである。五十一歳の白秋はここにまた新しい道をふみ出すことになった。

小河内時局詠

小河内《おごうち》村の貯水池問題についての時局詠を得たのもこの昭和十年であった。八月末日に奥多摩小河内村を探勝、鶴屋という湯宿に宿った時の見聞が「山河哀傷吟」で、東京の貯水池として、全村が湖底に没することになった人々の悲運に、強い共感を示している。十二月十三日の夜明けには、山民五千人の代表七百名が陳情隊を組織して奥多摩の氷川《ひかわ》に下り、警官隊に阻止されるという緊迫した状況になった。午後になって別動隊は分散して東京への潜入をはかったがやはり成功しなかった。流血の惨まで招いたこの事態を深く憂慮した白秋は「人生の悲惨、我が言の亦《また》尽すところにあらず。極月二十三日、潔斎、浅宵より暁暗に至る、乃《すなは》ち夜を徹して此の厳冬一夜吟成る」と書いて、山民の立場を中心に作歌している。

山河哀傷吟

秋霖雨《あきつゆ》や多摩の小河内《をがうち》いやふかに雲立ち蔽《おほ》ひ千重《ちへ》の鉾杉《ほこ》（水上）
この道やつひにはかなし鉾杉の五百重《いほへ》がうれも水がくりなむ
泡沫《うたかた》やたぎち消えゆく命ぞと思ひきはめむ村よ為すなし（村人に代りて）

厳冬一夜吟

我が族《うから》早や滅ぶべし寒食《かんじき》と漬菜嚙みきらむ力すらなし（或る声）
司《つかさ》らは閑《いとま》あれかも日に萎《しを》り人は餓うれど将たなげくなし（陳情隊に代りて）
山を挙げてつひに行くべし命なり大東京に潜入《せん》せむ今は

風さむきいよよ極月《ごくげつ》あかつきの霜ふみてくだるひたひたと山を
布ぐるみ熱き摶飯《むすび》も霜朝の山くだるまに玄《くろ》くこごりつ
一陣二陣三陣四陣潰《つい》え果てたり時すでに言挙《ことあ》げてきほふ何ものもなし

結局、陳情隊は制圧されてしまったのである。「厳冬一夜吟」の「小序」の末尾では次のように述べている。

「因《ちなみ》に云ふ。我が此の山河を愛惜する。寧《むし》ろその人々より超えたり。而も時既《すで》に遅し。如何ともすべからず。聚落《しゅうらく》愈々《いよいよ》餓ゑ貯水池の決定待つべからざるに待つ外無きに到る。我も亦この矛盾を肯定せんとす。乃ち為政の心を以てこの心とするなり。」

まことに「如何ともすべからず」であった。歌人白秋としてできるのは芸術を通して山民の心情を世に示すことであった。それを書き終えた時、「野に満ちて朝霜しろき玻璃のそとあな清《さや》けいまは筆を擱《お》くべし」「暁、ただ一色《ひといろ》にましろなる霜の真実《しんじつ》に我直面す」「朝けぶり立つ野良見れば家居してまた事もなし大蔵こは」と付け加えている。これを白秋の思い切りのよさや楽天性と見ることもできるが、むしろ彼の住む大蔵周辺の、事もなき平穏さを示すことによって、これとは全く対照的な小河内の窮状に対して現実的に協力し救済することのできないという絶望感の深さが表現されているようにも考えられるのである。なお、後に石川達三が、小説「日陰の村」(昭12)で、この問題をとりあげ、民衆と政治、農村と都会などの観点から追求している。

この年の十一月十四日には、山田耕筰の斡旋により、生誕五十年記念「白秋を歌う夕」が日比谷公会堂で催された。この行事も詩名の豊熟を示すことの一つである。翌十一年一月には砧《きぬた》村喜多見成城南（現在、世田谷区）に転居した。相変わらず執筆や旅行に多忙で七月末に飛行機で大阪に飛び、八月一日、二日、大和信貴《しぎ》山で「多磨」第一回全国大会を開催した。

信貴の山月明らなりはろばろと真昼は我の飛びわたり来《こ》し
まさに見る月珠《たま》のごとし子ら待つと信貴のみ山に一夜《ひとよ》先来《さきこ》し

結社を全国大会の開催にまで発展させたのである。その前夜の夢はまどかなものであったにちがいない。飛行機による旅も、現在とは異なり、きわめて先端的ではなやかなことであった。

薄明の世界

昭和十二年も多彩な活動が続いた。一月、群馬県磯部温泉に行き大手拓次の墓参。三月、関西旅行。五月、「多磨野鳥を聞く会」で富士山須走《すばしり》・山中湖畔に遊び、六月、越後湯沢温泉へ、そして八月には武州高尾山薬王院で「多磨」第二回全国大会開催、というぐあいである。このほか、改造社の『新万葉集』というレコードに自作の詩や短歌の朗詠を吹きこんだのもこの年である。このほか、改造社の『新万葉集』という選集の応募歌の審査をもひきうけ、夏ごろから仕事にかかった。

ところが九月ごろ視力に異状を覚えてタイプライターで打った原稿が読めなくなるようなことがあった。それでも選歌のため伊豆長岡温泉に滞在、十一月完了した。視力のほうは、糖尿病および腎臓病による眼底出血という重大な診断をくだされることになり、十一月十日、駿河台の杏雲堂病院に入院した。健康な白秋にとって思いがけないことであったろうが、この年から薄明の世界に住むことになった。

犬の佇《た》ち冬日黄に照る街角の何ぞはげしく我が眼には沁《し》む
病院街冬の薄日に行く影の盲目《めしい》づれらし曲りて消えぬ

これは発病のころの作品で、「冬の日」と題し、「失明を予断せられ、I眼科医院を出づ」と詞《ことば》書きがついている。ふだんならば何でもなく見過ごしている情景が、この場合の作者にはどんなにか強い印象を与えたことであろう。眼を疾《や》めば同病の人が思われる。白秋は、つい先ごろ、「多磨」第一回全国大会の折、奈良唐招提寺で鑑真の像に接したことを思い出すのである。

目の盲《し》ひて幽かに坐《ま》しし仏像《みすがた》に日なか風ありて触《さや》りつつありき
盲《し》ひはててなほし柔らとます目見《まみ》に聖《ひじり》なにをか宿したまひし
唐寺の日なかの照りに物《もの》思《も》はず勢《きほ》ひし夏は眼も清《す》みにけり

十二年から十五年までの作品は歌集『黒檜《ひ》』（昭15刊）に収められ、その序文では次のように述べている。

「黒檜《ひ》の沈静なる、花塵をさまりて或は識るを得べきか。
薄明二年有半、我がこの境涯に住して、僅《わづ》かにこの風懐を遣る。もとより病苦と闘って敢て之に克たむとするにもあらず、幽暗を恃《たの》みて亦之《またこれ》を世に愬《うった》へむとにもあらず、ただ煙霞余情の裡《うち》、平生の和敬ひとへに我と我が好める道に終始したるのみ。（略）」

全く気負いを捨て去り、ただ環境のあるがままに随順して、感じたこといいたいことを、わが好む短歌として述べたまでであるという。ここに彼の唱える新幽玄体の究極の姿が現われていると考えることができるであろう。薄明という境位において、身をもって深め得た世界である。ともかく、昭和十二年の眼疾を境に、白秋の晩年の活動が展開する。偶然ではあるが、同じこの年の七月に日支事変が勃発し、時局もまた新しい段階にはいるのである。

翌、十三年一月、全快はしないがひとまず退院して自宅で療養することになり、会合にもときどき出席した。仕事も続けていて、二月には随筆「薄明に坐す」を『多磨』に発表したり、「口述筆記」や「家人清書」の木印をつくらせたりした。昭和十四年には、紀元二千六百年記念のため、日本文化中央連盟から委嘱され、交声曲詩編「海道東征」および長唄「元寇」の制作に従い、十月に完成した。羇旅《きりょ》の歌を中心に編集した歌集『夢殿』を刊行したり、妻と同伴で前橋から越後をめぐる旅行に出るなど、この年も出版や旅行を続けている。行動的な白秋にとって、無為、停滞ということはむしろ堪えられなかったのであろう。

病状は小康《しょうこう》を保って昭和十五年を迎え、四月には杉並区阿佐ケ谷に移り、これが最後の住居になった。いったい、生涯に幾回居を転じたことであろうか。それも勤務上の命令によるものでなく、自発的なことであるから、彼の未練《みれん》のない決断力と陽気な行動性のあらわれである。この傾向は作風を進展させていったことにも通うことであろう。実際に題材のうえなどで転居の、その都度《つど》、新しい環境から創作のエネルギー源を汲みとってきたのである。転居と連関して、もう一つ印象的なのは、『邪宗門』詩稿ノート、『思ひ出』詩稿ノートが現在も遺族に保管されていることである。つまり、白秋は、あわただしい転居の際にも、これらのノートを持参したわけで、彼がどんなに自己の作品をたいせつにしていたか、とりわけ初期の二つの詩集への愛着の深さが推察できると思う。なお、この年に上刊した『黒檜』と『新頌』が、それぞれ生前における歌集と詩集の最後のものとなった。

「帰去来」の詩

白秋の最後の大きな旅行は昭和十六年であった。それも、まるで見納めであるかのように郷土を訪れている。三月、「海道東征」に対して福岡日日新聞社の文化賞が贈られ、受賞式に出席するため、家族を伴って西下し、式後、柳河での「多磨」九州大会に出席した。南関へもまわり、さらに鵜戸神宮・西都原《さいとばる》・美々津・延岡・大分と巡歴、帰途は別府から海路神戸に向かい奈良・吉野・名古屋を訪ねて四月に着京している。この時の帰郷はたいへんな喜びであったらしく、「飛行して郷土を訪問せるはすでに十二年の昔となりぬ」と注記して、「帰去来」(昭16・4『婦人公論』)を書いている。

帰去来

山門《やまと》は我が産土《うぶすな》、
雲騰《あが》る南風《はえ》のまほら、
飛ばまし今一度《ひとたび》、

筑紫よかく呼ばへば
恋ほしよ潮の落差、
火照《ほでり》沁む夕日の潟。

盲《し》ふるに、早やもこの眼、
見ざらむ、また葦かび、
籠飼《ろうげ》や水かげろふ。

帰らなむ、いざ、鵲《かささぎ》
かの空や櫨《はじ》のたむろ、
待つらむぞ今一度。

「帰去来」の詩碑

故郷《ふるさと》やそのかの子ら、
皆老いて遠きに、
何ぞ寄る童《わらべ》ごころ。

「山門」は筑紫の山門郡、「籠飼」は水にひたして魚をとる籠、「水かげろふ」は水の反射である。第一連をみると、病の身で郷土を思うのは、古事記の倭健命《やまとたけるのみこと》の境遇になぞらえられるからであろうか、この詩の声調には、おのずから思国歌《くにしぬびうた》「大和は　国のまほろば　たたなづく　青垣　山ごもれる　大和し美はし」の影響がみられる。第二連では、潮の落差の青と白、夕陽の潟の赤などが、いま眼底に鮮かに回想される。色彩の詩人、白秋の作風はここにも生きている。第三、四連にも郷土の風物が登場する。薄明に生きる今は、葦の芽や籠飼や水かげろうなど水郷柳河の風景は見ることができぬかもしれない。しかし、鵲よ、いっしょに飛んでゆこう。空から見える櫨《はじ》の木の群落が私を待っていてくれるだろう。そして、最終連では郷里の人々が、皆年老いて疎遠になってしまったが、幼な心に立ち返った私の心はどうしてこんなに慕わしく思われるのかと、かぎりない郷愁を披瀝《ひれき》しているのである。この作品は、昭和二十五年、柳河に建った詩碑に刻まれ、ながく白秋の郷土思慕の記念となっている。

臨終

十六年六月、三浦三崎に遊び、十月末から油壺で静養した。十一月には、見桃寺の白秋歌碑除幕式に出席したり、「多磨」三崎吟行会を開催するなど三崎を中心とする行動が多くみられる。ここもかつて『雲母集』時代の思い出の土地である。五月に芸術院会員に推されたのであるが、十一月に三崎から帰京して後は呼吸困難で歩行も不自由となり、翌十七年には病状が悪化して、二月慶応病院へ入院した。しかし、呼吸困難の発作の合い間にも創作ノートにその状況を短歌として書きつけている。

　四月には杏雲堂病院に転じて療養を続けたが、月末母シケが脳軟化症で倒れたため、病状を案じて自宅にもどって静養することにした。白秋自身の病状も思わしくないのであるが気力はいよいよ充実し、門下の人人の協力を得て、『日本伝承童謡集成』の企画をたてたり、それまで未刊であった短歌作品を、刊行できるように編集した。この年、彼が永眠するまでに刊行された著作は歌論集『短歌の書』、少国民詩集『港の旗』『満洲地図』、童謡集『朝の幼稚園』、詩文集『香ひの狩猟者』の多数にのぼる。十月六日深更、田中義徳と共著の水郷柳河写真集『水の構図』の序文を記し、これが最後の文章となった。一方、最後の吟詠は、「秋の蚊の耳もとちかくつぶやくにまたとりいでて蟵《かや》を吊らしむ」という平淡な歌境の作品であった。

　十月末ごろから嘔吐や呼吸困難の発作がはげしく臥床にもさしつかえるほどであった。発作の合い間には諧謔《かいぎやく》をとばすほど気力はしっかりしていたが、ついに昭和十七年十一月二日の早朝に永眠、五十八年の生涯であった。臨終の折には、窓を開かせ林檎を食べ、「新生だ」と語ったという。一年前の十二月八日に米英に宣戦を布告して以来、時局はますます深刻さを加え、やがて戦況は年を追って我に否となってゆく。白秋は敗残の日本をみないですんだばかりでなく、詩業については、広い領域にわたる活動を完成し、栄光のただ中において他界したのである。

以上、白秋の生活史について、次の六つの区分をたてて述べてきた。(1)郷土（明18〜明36）、(2)上京（明37〜明40）、(3)青春（明41〜明44）、(4)遍歴（明45・大1〜大6）、(5)拡充（大7〜大14）、(6)豊熟（大15・昭1〜昭17）。(1)(2)は出生から幼年時代、そして、年少にして『文庫』誌上で文名を挙げ、次いで上京してから新詩社で活動する期間をふくむ。先に作詩生活の上で『文庫』時代までを習作期とし、新詩社加入以降を活動期としたが、大局的にみればここまでを一括して人生行路の修業期（1歳〜23歳）とすることができるであろう。(3)(4)は「パンの会」と三崎、葛飾時代で、青春の謳歌《おうか》と苦悩の時期であり高揚から沈潜への遍歴期（24歳〜33歳）にあたる。次いで小田原・東京時代を通じて没年までの充実期が(5)(6)である。

修業期の二十三年、遍歴期の十年、充実期の二十五年の生涯を通じての特色は、少しも同一境地に安住停滞せず、つねに流動展開していることである。自由に居を移したり、しばしば旅の人となるなど、新しい環境から生活のエネルギーを汲みあげ、文学活動の点でもつねに新しい境地を追求し続けている。一口にして尽くせば、生命感にみちた明るい動的な一生であったということができる。

第二編　作品と解説

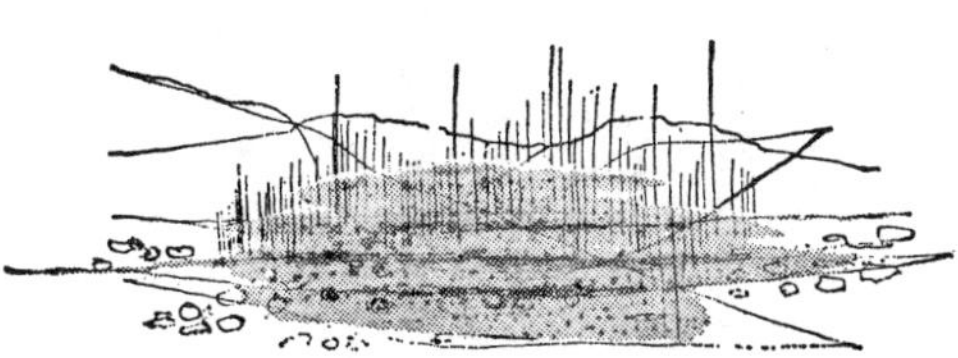

白秋文学の特色

生命力にあふれる文学

九州柳河の十八歳の一中学生が、新聞や雑誌に短歌を投稿して文学活動を始めてから、詩歌壇の第一人者として五十八歳で永眠するまでの北原白秋の生涯は、まさに詩業一路の歩みであった。その歩みの特色は第一に、長詩・短唱・短歌・長歌・童謡・民謡・小曲・俳句など、その活動範囲が詩歌の全領域におよんでいることである。しかも、この多角的な活動のどの分野においても全力を投入して第一級の作品を書いている。このように、彼は生涯を通じて詩歌の国の住人であった。そして、いつも詩歌の道の先頭に立って、新しい境地を開拓し続けたことが第二の特色である。詩において、短歌において、そして童謡において、彼はしばしば新風を樹立しているし、彼の歩みは絶えざる前進であって、作風の改革を試みているのである。ともかく、意欲的に詩業を推進することは、晩年に目を患ってからでも変らなかった。いわば、功成り名遂げた時期で、しかも病床にあるのに、詩業の歩みを止めなかったのである。

このように、年少の時から詩界の諸領域を踏破し、全力を傾注し続けて、質・量ともに巨大な業績をほとんど完成する、ちょうどその時期において永眠したのであるから、まさに悔いなき詩的生涯というべきであろう。ここで、彼の詩風全般を貫く、もっとも根本的な特色を一言でいえば、豊かな生命力が躍動している点である。それは、自由で広汎な詩想や措辞によく現われている。そして、このように外へと明るく豊かに広がってゆくためには、内に貯えられたものがなければ不可能である。彼が芸術的源泉としたのは、郷土への愛着であり、幼年心理（童心）への関心であった。また、古典詩歌にふくまれる素朴な力強さや、伝統的な民謡にふくまれるエネルギーも、やはり白秋詩歌の源泉であった。拡散する力と集約する力、遠心的豊饒性と求心的根源性、こういう二つの相反する傾向の総合されたエネルギーが、白秋文学を推進させる、健康な生命力なのである。

さて、詩歌の全領域にわたる白秋の活動のうち、詩と短歌とが二つの中心の柱となるので、以下、この二つについて、具体的な作品にふれてみたい。詩集と歌集の単行本（初版）は次のとおりである。

【詩　集】

『邪宗門』　明治四十二年三月・易風社刊。

『思ひ出』　明治四十四年六月・東雲堂刊。

『東京景物詩及其他』　大正二年七月・東雲堂刊。

『真珠抄』（印度更紗・第一輯）　大正三年九月・金尾文淵堂刊。

『白金之独楽《コマ》』（印度更紗・第二輯）　大正五年十二月・金尾文淵堂刊。

「畑の祭」　大正九年八月・アルス刊『白秋詩集・第一巻』所収。単行詩集とはならなかった。

『水墨集』　大正十二年六月・アルス刊。
『海豹と雲』　昭和四年八月・アルス刊。
『新　頌』　昭和十五年十月・八雲書林刊。

【歌　集】

『桐の花』　大正二年一月・東雲堂刊。
『雲母《きらら》集』　大正四年八月・阿蘭陀書房刊。
『雀の卵』　大正十年八月・アルス刊。
『観相の秋』　大正十一年八月・アルス刊。（長歌集）
*『風隠集』　昭和十九年三月・墨水書房刊。（木俣修編）
*『海阪《うなざか》』　昭和二十四年五月・アルス刊。（木俣修編）
『白南風《しらはえ》』　昭和九年四月・アルス刊。
『夢　殿』　昭和十四年十一月・八雲書林刊。
*『渓流唱』　昭和十八年十一月・靖文社刊。（木水弥三郎編）
*『橡《つるばみ》』　昭和十八年十二月・靖文社刊。（木水弥三郎編）
『黒《くろ》　檜《ひ》』　昭和十五年八月・八雲書林刊。
*『牡丹の木《ぼく》』　昭和十八年四月・河出書房刊。（木俣修編）

歌集の配列は刊行順でなく、収録作品の制作時期の旧いものから新しいものへの順にしたがった。＊印は白秋没後の出版である。

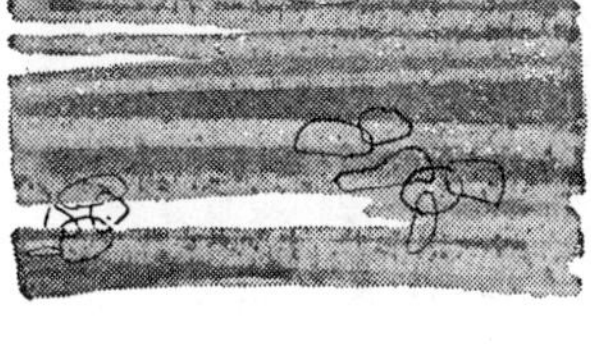

象徴詩の新領域 ——『邪宗門』——

詩風の三遷

白秋の詩作活動は、作風の変遷によって次の三期に分けることができる。第一期は『邪宗門』『思ひ出』『東京景物詩及其他』に見られる、官能的・唯美的傾向の時代である。第二期は『真珠抄』『白金之独楽』の汎神論的法悦境の時代で、第一期の詩作の環境が東京という都会中心であるのに対し、ここでは相州三崎の田園や海洋が舞台となっている。人工的なものから自然の風物への移行である。第三期は小田原在住以降の作で、芭蕉的な閑寂境に沈潜し、さらに素朴《そぼく》で力強い上古の世界にまで深まってゆこうとする伝統的・古典主義的傾向の時代で、『水墨集』『海豹と雲』『新頌』が、この期の所産である。

『邪宗門』の世界

処女詩集『邪宗門』は、明治四十三年三月の刊行で、「魔睡」「朱の伴奏」「外光と印象」「天艸雅歌」「青き花」「古酒」の六章から成り、約百二十編の作品を収めている。制作年次は明治三十九年の四月から四十一年末までである。

この詩集の作風は大別して次の三つになる。その一つは「古酒」の章に代表される。この章の詞書《ことばがき》に「こは邪宗門の古酒なり」として、刺激の強烈な酒や、あるいは豪華な酒に耽溺《たんでき》するのではなくて、穴倉の隅におかれた煤《すす》けた酒びんの「深き古色をゆかしみて、かのわかき日のはじめに秘め置きにたる様々の夢と匂とに執するのみ」と書いている。『邪宗門』の新風を新酒とすれば、これは古酒に比すべき古風な傾向であるが、若い日の感激はまた捨てがたい味わいがあるというのである。

わかき日の夢

水透ける玻璃のうつはに、
果のひとつつみづけるごとく、
わが夢は燃えてひそみぬ。
ひややかに、きよく、かなしく。

詩章「古酒」には、『邪宗門』のなかでもっとも古い明治三十九年作の「よひやみ」「柑子」などから、四十一年ごろまでの比較的長い期間にわたる作をふくむが、この「若き日の夢」は四十一年五月の執筆である。ガラス器の透きとおった水の中に沈んで、ひっそりと燃えている感じの果実を、青春の夢の比喩としている。それは、透明な情熱とでもいうべき清純な心情である。このような小曲は、『思ひ出』の詩風にも通うものである。第二の作風は、南紀旅行の所産の詩章「青き花」や、九州旅行の収穫としての詩章「天艸雅歌」のローマン詩風であり、これらについては、生涯編の「上京」の章でふれておいた。

次に第三の傾向こそ、『邪宗門』の特色をもっとも強く打ち出している、象徴詩風である。一般に象徴とは、ある観念や気分などのような抽象的な精神内容を、他の具体的な事象によって暗示する修辞である。つまり、理知的な説明では十分には伝えることのできない内容を、感性的な面で直観的に表現しようとすることである。比喩や寓意も象徴に似た技法で、表現されるものと表現するものとを、連想や類推によって結合したり、理知的な観念を媒介として連結したりする。しかし、象徴はこのような間接的な方法ではない。具体的で感覚的なことがらで暗示したり、言語の属性としての音韻や形象にふくまれる語感を活用したりして、感性的・内面的な表現によって、詩人の心の動きをそのまま直接に読者の心へ訴えようとするものである。このような、象徴の技法について『邪宗門』の序文や例言では次のように述べている。

「詩の生命は暗示にして単なる事象の説明には非ず。かの筆にも言語にも言ひ尽し難き情趣の限りなき振動のうちに幽《かす》かなる心霊の欷歔《ききよ》をたづね、漂渺《へうべう》たる音楽の愉楽《ゆらく》に憧がれて自己観想の悲哀に誇る、これわが象徴の本旨に非ずや。」(「序文」)

「予が象徴詩は情緒の諧楽と感覚の印象とを主とす。(略)されば予が詩を読まむとする人にして、之に理知の闡《せん》明を尋ね、幻想なき思想の骨格を求めんとするは謬《あやま》れり。要するに予が最近の傾向はかの内部生活の幽かなる振動のリズムを感じ、その儘の調律に奏でいでんとする音楽的象徴を専《もつぱら》とす」(「例言」)。(傍点、原文のママ)

つまり白秋の象徴詩は、主知的な説明でなくて主情的な暗示であること、彼の場合は観念象徴よりも情調象徴を中心としていること、そして言語表現の音楽性が彼の象徴の主眼であることを主張しているのである。なお、彼は、序文の「これわが象徴の本旨に非ずや」に続けて「されば我らは神秘を尚び、夢幻を歓び、そが腐爛したる頽唐の紅を慕ふ」というように、非現実的なもの、異常なもの、いわゆる、頽唐的・耽美的要素への愛着を述べている。

これらの発言を凝縮したものが、「ここ過ぎて曲節《メロデア》の悩みのむれに、／ここ過ぎて官能の愉楽のそのに、／ここ過ぎて神経のにがき魔睡に」という「邪宗門扉銘」である。読者は、「邪宗門」の扉を開くとき、その内部に、悩ましい韻律、楽しい官能、にがい陶酔、の耽美的な世界を味わうのである。まず、代表作「邪宗門秘曲」にふれてみよう。

願ふは極秘紅の夢

邪宗門秘曲

われは思ふ、末世《まつせ》の邪宗《じやしゆう》、切支丹《きりしたん》でうすの魔法。
黒船《くろふね》の加比丹《かびたん》を、紅《こう》毛《まう》の不可思議国を、
色赤きびいどろを、匂《にほ》鋭《ひと》きあんじやべいいる、
南蛮の桟留縞《さんとめじま》を、はた、阿刺吉《あらき》、珍酡《ちんた》の酒を。

目見《まみ》青きドミニカびとは陀《だ》羅《ら》尼《に》誦《ず》し夢にも語る、
禁制の宗《しゆう》門《もん》神《しん》を、あるはまた、血に染む聖磔《くるす》、
芥《け》子《し》粒《つぶ》を林《りん》檎《ご》のごとく見すといふ欺《け》罔《れん》の器《うつは》、
波《は》羅《ら》葦《い》僧《そ》の空をも覗《のぞ》く伸び縮む奇なる眼《め》鏡《がね》を。

屋《いへ》はまた石もて造り、大《な》理《め》石《いし》の白き血《ち》潮《しほ》は、
ぎやまんの壺に盛られて夜《よ》となれば火点《とも》るといふ。
かの美《は》しき越《え》歴《れ》機《き》の夢は天《び》鵞《ろ》絨《うど》の薫《くゆり》にまじり、
珍《めづ》らなる月の世界の鳥《とり》獣《けもの》映《う》像《つ》すと聞けり。

あるは聞く、化《け》粧《はひ》の料《しろ》は毒《どく》草《さう》の花よりしぼり、
腐れたる石の油に画《ゑが》くてふ摩《ま》利《り》耶《や》の像《ざう》よ、
はた、羅《ら》甸《てん》、波《ほ》爾《る》杜《と》瓦《が》爾《る》らの横つづり青なる仮名は
美《うつ》くしき、さいへ悲しき歓楽《くわんらく》の音《ね》にかも満つる。

いざさらばわれらに賜へ、幻惑の伴《ば》天《て》連《れん》尊《そん》者《じや》、

百《もゝ》年《とせ》を刹那に縮め、血の磔《はり》背《き》にし死すとも
惜しからじ、願ふは極秘、かの奇《く》しき紅《くれなゐ》の夢、
善《ぜん》主《す》麿《まろ》、今日《けふ》を祈《いのり》に身も霊《たま》も薫《くゆ》りこがるる。

《邪宗》キリスト教を禁圧して邪《よこしま》な宗教と呼んだ。《切支丹でうす》キリスト教の神。でうすは神・天主の意。ラテン語。《加比丹》スペイン語で船長。《紅毛》オランダのこと。《びいどろ》ガラス。ポルトガル語。《あんじやべいいる》カーネーション。オランダ語。《南蛮》ポルトガルやスペインのこと。《桟留縞》インド東岸のサントメ産の縞織の布。《阿剌吉》酒。オランダ語。《珍酡の酒》珍酡はポルトガル語で赤色の意。《ドミニカびと》聖ドミニック派の僧。《陀羅尼》梵語。仏教の呪文。ここではキリスト教に転用。《聖磔》十字架。《欺罔の器》欺罔とはあざむくことで、ここでは顕微鏡をさす。《波羅葦僧》天国。ポルトガル語。《伸び縮む奇なる眼鏡》望遠鏡のこと。《大理石の白き血潮》パラフィンまたは石油であろう。《ぎやまん》オランダ語のダイヤモンドがなまった語で、ガラス。《越歴機》オランダ語に由来し、エレキテルの略で電気。ここでは幻燈のことか。《腐れたる石の油》油絵具。《伴天連》ポルトガル語のパードレのなまりで、宣教師、神父。《善主麿》ゼウス。またはゼス・キリスト。ここではキリストのこと。

右の語注に示したように、見慣れぬ用語が氾濫している。とくに漢字の当て字をつかった外来語が多くて、特殊な雰囲気が生み出され、表題のとおり、〈邪宗門に関する、神秘的な歌〉がかなでられる。白秋は序文のなかで「我ら近代邪宗門の徒」と書いているように、異国の西洋文化への憧憬を抱いている。それを〈過

去の邪宗門の徒〉がキリシタン文化にふれた時の好奇・愛着・恐怖・陶酔などの入りまじった複雑な感覚に託して強調しているのである。

この作品は力強く壮重な感じの五七調で書かれた、五連構成の文語定型詩である。第一連から第四連までは、海外・異国文化に対する官能的な憧憬を描き、これを背景として、最終の第五連で「願ふは極秘、かの奇しき紅の夢」という主題を示している。修辞上でも、冒頭で「われは思ふ」と書き出して、「末世の邪宗……珍酡の酒を」と続ける倒置法によって力強い表現をとり、そのほか、「夢にも語る」(第二連)、「あるは聞く」(第四連)、「われらに賜へ」(第五連)など、いずれも、目的語を後に置く倒置法を用いている。

全般的に注目されるのは、刺激の強い新奇な題材を次々と提示し、色彩語をはじめとして官能に訴えることばの使用の多いことである。第一連で、邪宗や魔法の「邪・魔」は「不可思議」という語とともに、異常で神秘的な感を催させる。「黒船」と「紅毛」は色彩上の対句であり、「紅毛」はまた、「南蛮」と呼応して異国・異人への関心を示している。ガラスや織物の視覚、カーネーションの嗅覚、洋酒の味覚など、いずれも官能性を刺激する用語が選ばれている。桟留縞には触覚もふくまれているのであろう。官能とは、いうまでもなく〈五官〉(視・聴・味・嗅・触覚の五つの感

「邪宗門」挿絵

覚器官）の能力〉であり、人間の意識のうち、もっとも素朴で直接的で本能的なはたらきである。白秋はじめ、耽美派の文学は、このような官能美の追求を、きわだった特色の一つとしている。

第二・三・四連は青い目の僧侶から聞いた、海外の文物に対する驚きである。まず、彼は禁制の宗門の神について説き、キリストがかけられて血に染んだ十字架について語る。禁じられたもの、血ぬられたものであるからこそ、往時の人は恐怖の念のまじった好奇の心で聞き入ったことであろう。さらに強い興味をひかれているのは第二・三連で語られる、異国の器具・調度のことである。芥子粒をりんごのように拡大して見せる顕微鏡、天国の空を見ることができる望遠鏡、大理石のように白い石臘（もしくは石油）でともすランプ、珍しい月世界の生物を映し出す幻燈など、日本人が見聞きしたことのない道具についてキリシタンの僧は語り聞かせるのである。修辞的には、顕微鏡と望遠鏡を、夜間に使用するランプと幻燈に対応させ、昼の「波羅葦僧の空」を夜の「珍らなる月の世界」に呼応させる、対句的表現である。なお、ここでも「目見青き」「血に染む」「白き」「血潮」などの色彩語があり、「天鵞絨の薫」は嗅覚的な語であって、しかも多分に触覚的要素をふくんでいる。

異国の僧の語る話の内容を「……映像《うつ》すと聞けり」という語でまとめ、これをすぐ受けて、「あるは聞く」と第四連が始まる。ここでは、美術と文学、すなわち芸術について述べている。化粧の材料は「毒草の花」からとり、絵具は「腐れたる石の油」であるとしている点に、異常で病的な頽唐美への愛着を示している。「横つづり青なる仮名」とは、青インクでアルファベットを綴った作品で、このようなポルトガル語で書いた海外文学は、美しくてしかも悲しい、享楽耽美の情緒に満ちているというのである。

最終連では、いままで展開された異国の文化についての憧憬と幻想を煮つめたものとして、はげしい願望の核心を示している。それは、かつてキリシタン文化に心ひかれた人のことばを借りて、「近代邪宗門の徒」である白秋自身の祈りを述べているのである。「血の磔背にし死すとも、惜しからじ」という、はげしさで全身全霊を挙げて、「伴天連尊者・善主磨」に祈り願うのである。その祈願こそは、「極秘、かの奇しき紅の夢」すなわち、きわめて神秘的にして異常なる、官能性の充足である。それはまた、「百年を刹那に縮め」というように、百年分もあるような一瞬間、つまり充実した刹那の陶酔への希求である。刹那の充足を得られさえすれば、死をもいとわぬという、盲目的な衝動の点に、願望の鮮烈さと同時に、破滅をも省みぬ退廃がひそんでいる。ともかく、この詩編は、内容の点でも表現の上でも、『邪宗門』の新風の特色を代表する作品として、詩集の名称を冠して巻頭に置き、マニフェストとしての性格を付与しているのである。

新しい美の領域

次に、『邪宗門』のなかで、もっとも新しい詩編として、「曇日」（明41・12）を鑑賞してみよう。白秋、二十四歳の作である。

曇　日

曇日《くもりび》の空気のなかに、

狂ひいづる樟の芽の鬱憂《メランコリア》よ……
そのもとに桐は咲く。
Whisky《ウイスキイ》の香のごときしぶき、かなしみ……

そこここにいぎたなき駱駝《らくだ》の寝息、
見よ、鈍《にぶ》き綿羊《めんやう》の色のよごれに
饐《す》えて病む藁《わら》のくさみ、
その湿る泥濘《ぬかるみ》に花はこぼれて
紫の薄き色鋭《するど》になげく……
はた、空のわか葉の威圧。

いづこにか、またもきけかし。
餌《ゑ》に餓ゑしペリカンのけうとき叫《さけび》、
山猫のものさやぎ、なげく鶯《うぐひす》、
腐れゆく沼の水蒸すがごとくに。

そのなかに桐は散る……Whiskyの強きかなしみ……
もの甘き風のまた生《なま》あたたかさ、
猥《みだ》らなる獣らの囲《かこひ》内のあゆみ、
のろのろと枝《え》に下《さが》るなまけもの、あるは、貧しく
眼を据《す》えて毛虫啄《つ》む嗟歎《なげかひ》のほろほろ鳥《てう》よ。

そのもとに花はちる……桐のむらさき……

かくしてや日は暮れむ、ああひと日。
病院を逃《のが》れ来し患者の恐怖《おそれ》、
赤子《あかご》の眼《め》のなやみ、笑ふ黒奴《くろんぼ》、
酔《ゑ》ひ痴《し》れし遊蕩児《たはれを》の縦覧《みまはり》のとりとめもなく。

その空に桐はちる……新しきしぶき、かなしみ……
はたやまた、園の外ゆく

軍楽の黒き不安の壊《なだ》れ落ち、夜《よ》に入る時よ、
やるせなく騒《さや》ぎいでぬる鳥獣《とりけもの》。
また、その中に、
狂ひいづる北極熊の氷なす戦慄《をののき》の声。

その園に花はちる……Whisky《ウイスキイ》の香の頻吹《しぶき》……桐の紫……

表題のように、「曇日」の夕暮から夜にはいろうとする頃の動物園での印象である。季節は、第一連に示すように、「狂ひいづる樟の芽」の匂に満ち、「桐の花」の咲く、晩春初夏の候である。時刻も季節も、昼から夜へ、春から夏へ、の過渡的で複雑で、もの憂く、けだるい不安定な気分をかもし出す環境が選ばれている。「曇日」もまた晴天と雨天との中間である。こうした環境は、作者の抑圧されてはけ口のない、青春の憂鬱や悲哀感を描き出すための用意である。動物園の、かこいのなかに閉じこめられている獣や鳥の姿態に感じられる印象は、樟の芽や桐の花などの植物の印象と交錯して、これもまた、抑圧された青春の哀愁を象徴している。一般には桐の花は、その薄紫の花の色を優《やさ》しき美として受けとられるのであるが、ここでは鋭いなげきとして感じ、その香に悲哀を覚えるという強烈な美をつくり出している。その花は動物の汚れた寝わらの傍らの湿った泥に落ちこぼれているのである。生きものたちの汚れ、餓え、卑猥、貧しさ、焦燥、

戦慄などは、いずれも曇日の気分と共通し、暗い青春を象徴している。鳥獣のみでなく、病院を逃れてきた患者、眼疾の赤子、笑う黒奴、漫歩する酔漢など、人間の異常な姿もまた、作者の憂鬱や恐怖や狂気の表現である。かれらは必ずしも動物園内にいるとはかぎらず、幻想として描いたものであろう。

この作品の構成・展開についても、細かい配慮がなされている。まず第一連では、「曇日の空気のなか」という、この作品の展開する舞台全般を表わす語を冒頭におき、「狂ひいづる」「桐は咲く」という傍点の語によって詩が始まるのである。この「咲く」は第二連で「花はこぼれ」となり、以下、一行書きの繰り返し《リフレイン》句の中で「桐は散る」「花はちる」としている。「咲く」桐の花について、その「散る」ことを強調して、下降的なものうい気分を表わしているのであろう。

時間的経過は〈曇日の空気→かくしてや日は暮れむ→夜に入る時よ→その闇に花はちる〉という順序をとり、第二・三・四連で動物園の生きものについて述べた後、第五連では患者や赤子のような人間を描いて変化をつけ、最終連で、また鳥獣を登場させている。園内の描写と園の外ゆく軍楽の音、泥土に落ちた花と空にかぶさる若葉、という対句的表現によって、変化の感じを出すとともに、内と外、下と上の対偶法によって空間的ひろがりをつくり出しているのである。

ともかく、汚辱や醜悪など従来は詩にならないような題材によって新しい美の領域を樹立した点にこの作品の価値がある。近代詩史の上でいえば、白秋の私淑する蒲原有明《かんばらありあけ》が、汚物の流れるような濁った川を題材として書いた「朝なり」(明38・1)や、川路柳虹がごみためを題材として書いた口語詩「塵塚」(明40・9)

などの詩境を継承し、完成した作品と見てよい。従来の美意識の転換である。なお、『邪宗門』には、「悪の窓」と題する短詩七篇のうちの一つに「象のにほひ」（明41・2）という作品があって、「曇日」と同じような境地をうたっている。

日をひと日
日をひと日。

日をひと日、光なし、色も盲ひて
ふくだめる、はた、病めるなやましきもの
窓ふたぎ窓ふたぎ気《け》倦《だ》るげに唸《うな》りもぞする。
あはれ、わが幽《いう》鬱《うつ》の象《ざう》
亜《あ》弗《ふ》利《り》加《か》の鈍《にぶ》きにほひに。
日をひと日。
日をひと日。

光も色も感じられず、病的で憂鬱な倦怠感からのがれることのできない、恐怖と焦燥の絶望的心理を檻につながれた象によって表現している。「日をひと日」一日いっぱい経《た》っても決して解放されることのない、閉ざされた世界で、生気なく、ただものうげに唸り不平をいうだけの、近代人の日々の生活、それに対するわびしい嫌悪感が、「亜弗利加の鈍きにほひ」という、象のいやな体臭を感じるようになまなましく表現されている。「日をひと日」のリフレインは、きょうもまた空しく暮れたという、充《み》たされぬ青春に対する無気力な嘆きであろう。

晩秋の激情

明治四十一年一月『新思潮』誌上に蒲原有明、薄田泣菫と並んで掲載され、詩壇的地位を確定したといわれる「謀叛《むほん》」（明40・12作）も、『邪宗門』の代表的象徴詩である。

謀《む》　叛《ほん》

ひと日、わが精舎《しやうじや》の庭に、
晩《おそ》秋《あき》の静かなる落日《いりひ》のなかに、
あはれ、また、薄《うす》黄《ぎ》なる噴《ふき》水《あげ》の吐《と》息《いき》のなかに、
いとほのにギオロンの、その絃《いと》の、
その夢の、哀《かな》愁《しみ》の、いとほのにうれひ泣く。

蠟《らふ》の火と懺悔《ざんげ》のくゆり
ほのぼのと、廊《らう》いづる白き衣《ころも》は
夕暮《ゆふぐれ》に言《もの》もなき修道女《しうだうめ》の長き一列《ひとつら》。
さあれ、いまヸオロンの、くるしみの、
刺《さ》すがごと火の酒の、その絃《いと》のいたみ泣く。

またあれば落日《いりひ》の色に、
夢燃ゆる噴水《ふきあげ》の吐息のなかに、
さらになほ歌もなき白鳥《しらとり》の愁《うれひ》のもとに、
いと強き硝薬《せうやく》の、黒き火の、
地の底の導火《みちび》燬《や》き、ヸオロンぞ狂ひ泣く。

跳《おど》り来る車輛《しやりやう》の響、
毒の弾丸《たま》、血の烟《けむり》、閃《ひら》めく刃《やいば》、
あはれ、驚破《すは》、火とならむ、噴水《ふきあげ》も、精舎《しやうじや》も、空も。
紅《くれなゐ》の、戦慄《わななき》の、その極《はて》の

瞬間《たまゆら》の、叫喚《さけび》燬《や》き、ヸオロンぞ盲《めし》ひたる。

この作品は、晩秋の夕暮の落日の光のなかに推移する心象を、ヸオロン（ヴァイオリン）の音に託して暗示したものである。場所は寺院の庭と内陣とが舞台となる。第一連で、「精舎の庭に」「落日のなかに」「吐息のなかに」と脚韻を踏んだ三行は、いずれも「ヸオロンの……うれひ泣く」にかかる。この三行までに、〈寺院と落日と噴水〉という主要な題材が手ぎわよく提示されている。「薄黄なる噴水」という色彩は夕陽があたっている状態であろう。ここでの哀愁は、「静かなる」「薄黄」「吐息」「いとほのに」「その夢の」「うれひ泣く」という用語で統一された穏かな淡い心情である。

第二連の情景は寺院の内部に移る。ここでは蠟燭の火がゆらぎ、懺悔の心情がゆるやかにたちのぼり、夕暮のなかを静かに歩む白衣の修道女たちがいる。しかし、作者の心象を示すヸオロンの調子は穏かなものではなくて、強い酒に刺されるような苦しみに痛み泣いている。第一連の哀愁はここでは苦痛へと高まっている。「懺悔」というのも、修道女たちのことだけでなく、実は作者自身の内心の反省であり、このことが苦痛の高揚の原因と思われる。それは第三連で一そうはげしくなり、「ヸオロンぞ狂ひ泣く」のである。「またあれば」というのは少し意味がとりにくいが、〈さらにまた苦悩があるので〉ということであろう。この連の修辞は、第一連と同じく、「落日の色に」「吐息のなかに」「愁のもとに」の脚韻を踏んだ各行が、「狂ひ泣く」にかかってゆく。ここでは、「薄黄なる噴水」は「燃ゆる噴水」となって、カッとばかりに夕陽が照りつけているのである。池の白鳥は歌もなくうれわしげに首うなだれている。その時、どこからともなく、火薬の匂《にお》いがして、その不吉な黒い火の、地の底と通じている導火線に炎が燃える気配がする。いまにも爆発する切迫した状態である。

作者の心情の興奮は最終連において最高潮に達する。戦車の轟音《ごう》、弾丸の飛来、劔刃の閃《せん》光、ほとばしる血煙と真紅《しんく》の焔《ほのほ》、こうした混乱と破壊の幻想的修羅場のなかに、噴水や寺院や晩秋の空など静かで穏かな風物は火と燃えて消滅してしまう。このように激化した心情は、その極点に達した瞬間において、「ヰオロンぞ盲ひたる」と、その音は失われてしまうのである。

この作品は「朱の伴奏」の章の冒頭に収められているのであるが、この詩章の詞書に、「凡て情緒也。静かなる精舎の庭にほのめきいでて紅の戦慄に盲ひたるヰオロンの響はわが内心の旋律にして、……」と書いているので、ヰオロンの旋律は作者の心情の表現であることは明らかである。その旋律は、「うれひ泣く↓いたみ泣く↓狂ひ泣く」と漸層的に高まって、最後に「盲ひたる」として終わる。この展開は、序（第一連）、破（第二連、第三連）、急（第四連）の三段階のなかに巧みに配置されているのである。

晩秋という穏かな季節はわれわれの平静な日常性とみることができるが、そういうなかにあって、淡い哀愁という一個の種子が、苦悩となり狂気となり、さらに自滅へと至る危機感を蔵していないとはだれもいい切れない。これは作者個人の幻想のみでなく、一見、何事もないように日々の生活を営んでいる近代人の胸中に、ふと兆《きざ》す、苦悩であり、反逆であり、破壊への衝動であるとも考えられるであろう。

柳河と東京

——『思ひ出』と『東京景物詩及其他』——

『思ひ出』の成立

白秋の第二詩集『抒情小曲集　思ひ出』は明治四十四年六月五日、東雲堂から刊行された。扉には「著及装幀　北原白秋　序詩外七章二百十五篇」と記している。表紙にトランプの女王を配し、菊半截判（現在の文庫版に近い）で、本文の各ページは赤線で囲みをつけた二色刷で、白秋自筆の挿絵入りの、しゃれた造本である。巻頭には、序文に相当する長編の詩的散文「わが生ひたち」をのせ、詩は序詩に続いて「骨牌の女王」「断章六十一」「過ぎし日」「おもひで」「生の芽生」「TONKA JOHNの悲哀」「柳河風俗詩」の七章を収めている。制作年次としてもっとも古いものは、「おもひで」の章の作品で、明治三十九年に新詩社に加入した時、『明星』に発表したものである。このことについて「わが生ひたち」では、「まだ現実の痛苦にも思ひ到らず、ただ羅漫的《ロマンチツク》な気分の、何となき追憶に耽つたひとしきりの夢」であると書いている。次に、「断章」の六十一編は『邪宗門』と同時代の作であり、その他大部分の詩編は、明治四十二年から四十四年にかけての「パンの会」時代の所産で、詩集『東京景物詩及其他』と並行して書かれ、歌集『桐の花』の前期の諸作と制作時期が重なっている。

この詩集は、「抒情小曲集」、とよばれているように、叙情的であること、比較的短い形態であることを特色とする。こういう傾向について、当時、白秋は本格的な詩業とは考えていなかったようである。たとえば、「断章」の六十一編を『邪宗門』の象徴詩と比較して、「それは恰度強い印象派の色彩のかげに微かなテレビン油の潤《しめ》りのさまよふてゐるやうに彼《か》の集のかげに今なほ見出されずして顫《ふる》へてゐたものである」（「わが生ひたち」）と書いている。象徴詩を油絵の色彩とし、叙情詩はそのかげに漂うテレビン油であるとして、後者をやや軽いものと見ているのである。

しかし、『思ひ出』の価値はけっして『邪宗門』に劣るものではない。たしかに『邪宗門』は意欲的で全力的本格的な詩業である。だが、『思ひ出』のように、主情的印象的な面を自由に発揮することこそ、白秋にとってもっとも本質的な傾向なのである。彼の象徴詩もまた、理知的・思想的な面よりも、「情緒の諧楽と感覚の印象とを主」としている点に特色がある。『思ひ出』においては、『邪宗門』の中に幾分残っている、先人からの影響もなく、表現上のやや装飾過剰な点も消えて、白秋にとって本質的な傾向が、ありのままに豊かに流露している。つまりもっとも白秋的な詩業である。だからこそ、刊行当時、多くの人の注目を浴び、現在も『邪宗門』を越える意義を認められているのである。ことに、「生の芽生」（のちに「性の芽生」と改題）や「TONKA JOHN の悲哀」に収めた作品については、

『思ひ出』初版本表紙

「幼年を幼年として、自分の感覚に牴触し得た現実の生そのものを描な

いながらも官能的に描き出さうと欲した。従って用ゐた語彙なり手法なりもやはり現在風にして試みたのである」（「わが生ひたち」）と書いている。成人の立場から見た幼年心理でなく、「幼年を幼年として」つまり、より幼年の本質そのものに即して描いている点に、全く新しい境地を開いているのである。幼年の「現実の生そのものを」誇張のない「現在風」の語彙《ごい》や手法によって「官能的に描」いている点が、読者に新鮮な印象を与えるのである。やはり「わが生ひたち」に書いているように、「畢竟自叙伝として見て欲しい一種の感覚史なり性欲史なりに外ならぬ」というモチーフこそ、『思ひ出』独自の特色である。

『思ひ出』扉絵。白秋筆

ともかく、白秋のもっとも本質的な要素を基底とする詩業であるからこそ、萩原朔太郎や室生犀星が「抒情小曲」を書いているように、後進の詩人に影響を与え、白秋自身の制作史においても、後年の童謡や民謡は『思ひ出』を母胎としているのである。

追憶の構造

それでは、思い出とはどういうことであろうか。白秋は「序詞」において、次のように、幼年時の官能的感情や心理的感情によって、思い出の性格を示している。

序詞

思ひ出は首すぢの赤い螢の
午《ひる》後《すぎ》のおぼつかない触《てざ》覚《はり》のやうに、
ふうわりと青みを帯びた
光るとも見えぬ光？

あるひはほのかな穀物の花か、
落穂ひろひの小《こ》唄《うた》か、
暖かい酒《さか》倉《ぐら》の南で
ひき揉《む》しる鳩《はと》の毛の白いほめき？

音《ね》色《いろ》ならば笛の類、
蟾《ひきが》蜍《へる》の啼く
医師の薬のなつかしい晩、
薄らあかりに吹いてるハーモニカ。

匂《にほひ》ならば天鵞絨《びろうど》、
骨牌《かるた》の女王《クイン》の眼、
道化《だうけ》たピエローの面《かほ》の
なにかしらさみしい感じ、

放埒《はうらつ》の日のやうにつらからず、
熱病のあかるい痛みもないやうで、
それでゐて暮春のやうにやはらかい
思ひ出か、たゞし、わが秋の中古伝説《レヂエンド》？

まず、第一連の、「おぼつかない触覚《てざはり》」とか「光るとも見えぬ光」ということばに思い出の性格が示されている。「首すぢの赤」「青みを帯びた光」のような色彩感覚も追憶に結びついているのであろう。次に第二連では、はっきりとはわからぬ「穀物の花」の、ほのかな感じ、昔から伝わる、素朴な歌詞や旋律を持つ「落穂ひろひの小唄」の情緒、「鳩の毛」のやわらかな暖い感触などによって、思い出というものの味わいを示している。なお、「ひき採しる鳩の毛」には幼年心理としてのサディズムが反映しているのであろう。「かの穀物の花にかくれんぼの友をさがし」(「穀倉のほめき」)とか、「恐ろしい夜の闇におびえながら、乳母の背中から手を出して例の首の赤い螢を握りしめた時私はどんなに好奇心に顫へたであらう」(「わが生ひたち」)と書いているように、穀物の花や螢は、思い出の性格を示すための比喩であるばかりでなく、実際の経験でもあった。

第一、二連が昼の風物を題材にしているのに対して、第三連では夜に取材して、それも「笛」「蟾蜍」「ハーモニカ」など、やわらかくおだやかな感じの聴覚的要素によって統一している。幼いころ、母の里、南関に滞在している時、年の若い叔父が夜になると邸宅の天守の欄干で笛を吹き、山の子どもたちもあちこちで、しんみりと手づくりの笛を鳴らし出すことを「わが生ひたち」でしるしているから、右の題材も幼時の経験につながるものである。歌集『桐の花』には、「病める児はハモニカを吹き夜に入りぬもろこし畑の黄なる月の出」という作品もある。なお、「蟾蜍の啼く」「医師の薬のなつかしい」などには、感じやすく、やや病的な幼年心理がうかがわれるが、これにも「びいどろ罎」Tonka John が投影しているのであろう。

思い出の内容は過去のものであるのだから、かつての経験を、それと全く同じ状態で取りもどすことはできない。このように、二度と帰らぬことが、第四連の「なにかしらさみしい感じ」をもたらすのである。思い出のなかでは、かつての悲しみがやわらげられるとともに、楽しい経験も、どこかに淡い愁いの色が加わってくる。ちょうど、ピエロのおかしみのなかに一抹のさみしさが感じられるように微妙である。思い出はまた、「匂ならば天鵞絨《びろうど》」であるという。この場合、「匂」は嗅覚だけではない。古語としては、つや・光などの意味があるし、広義には、ある気分がほのめき立つことであるから、視覚や触覚をもふくめた、やわらかな感じが「匂」であって、それを思い出の持つ雰囲気としたのであろう。また、「骨牌《かるた》の女王《クイン》」の眼差《まなざ》しにふくまれた淡い愁いの表情も同じである。「麹室《かうじむろ》のなかによく弄んだ骨牌の女王のなつかしさはいふまでもない」と「わが生ひたち」に書いているように、これもまた、幼時の経験に根ざしている。詩集の表紙にもトランプの女王を用いて、思い出の象徴としているのである。

さて、最終連の、「放埒の日のやうにつらからず、／熱病のあかるい痛みもないやうで」とは、思い出には「つらさ」や「痛み」がないというのではあるまい。退廃的な生活についての自責のつらさや、熱病における苦痛なども、思い出のなかでは、当時の現実感がやわらげられている、ということなのであろう。経過した時間によって、心の傷も体の痛みも、やさしく癒《いや》されるのである。ともかく、思い出とは、「暮春」の気分のように、もしくは、過ぐる秋に読んだ「中古伝説」の味わいのように、過去に対するやわらかい懐しさにいろどられているのである。

記憶と追憶

思い出すなわち〈追憶〉の特色は、〈記憶〉と比較してみると明らかになる。追憶とは、過去の経験に対して、個性的にはたらきかける意識であるが、記憶の場合は、客観的に過去をそのまま再現しようとする。記憶は状態的であるが、追憶は動作的である。前者では、ことがらの経過や日時などの正確さが要求されるが、後者ではそのような一般的公共的な面よりも、過去の事象をどのように感じとるかという、追憶者の主観や個性が問題である。この場合、記憶的〈事実〉の正しさよりも、追憶的〈真実〉としての深さが重要なのである。いわば、記憶の内容は歴史の資料であり、追憶の内容は文学の題材となる。そして、追憶の内容は時が経つにつれて、夾雑物《きょうざつぶつ》が洗い落とされ、純粋で個性的な世界が形成されるのである。

次に、追憶の内容や追憶の契機も重要である。その内容は追憶者自身にとって特殊で個性的なことがらであるのは、いうまでもない。しかしそれは、世界的な大事件や社会的な非常事態であるよりも、むしろ片々たる小事のなかにこそ、特定の個人にとっての切実な追憶内容が存在する。たとえば、白秋における「螢」や「トランプの女王」や「笛の音」などが追憶の核心となるのである。

そして追憶の契機としては、ある観念や一つの思想のような主知的なものではなくて、もっと素朴な感官の刺激によって、過去の体験が生き生きと呼びさまされる。たとえば「落穂ひろひの小唄」や「医師の薬」のように、聴覚や味覚や嗅覚などをきっかけとして、幼時の世界が如実に浮かびあがってくる。「序詞」には、右のような、思い出・追憶の構造が、白秋自身の体験を題材として、感覚的に提示されているのである。

廃市、柳河

白秋の追憶は、時間的には幼年へ、空間的には郷土へと向けられる。その代表的詩篇の一つが「性の芽生」の章の「糸車」である。

糸車

糸車、糸車、しづかにふかき手のつむぎ
その糸車やはらかにめぐる夕《ゆふべ》ぞわりなけれ。
金と赤との南瓜《たうなす》のふたつ転がる板の間に、
「共同医館」の板の間に、
ひとり坐りし留守番のその媼《おうな》こそさみしけれ。

耳もきこえず、目も見えず、かくて五月となりぬれば、
微《ほの》かに匂ふ綿くづのそのほこりこそゆかしけれ。
硝子戸棚に白骨のひとり立てるも珍らかに、
水路のほとり月光《つきかげ》の斜に射すもしをらしや。
糸車、糸車、しづかに黙《もだ》す手の紡《つむ》ぎ、
その物思《ものおもひ》やはらかにめぐる夕ぞわりなけれ。

右の本文は初版本による。全集本では、「南瓜」に「ボウブラ」とルビをふり、九行目「水路のほとり

…」の次に一行あけている。

この作品は七五調を主体とするやわらかい声調の文語詩である。そのほか、冒頭の「糸車、糸車」をはじめ、同種の詩句の繰り返しが多く、豊富なリズムをつくり出している。たとえば、第三、四行では「板の間に」を繰り返し、「しづかにふかき手のつむぎ」も同音を重ね、「ふたつ転がる」「ひとり坐りし」も響き合っている。「わりなけれ・さみしけれ・ゆかしけれ」も意識的に、同音をそろえているのであろう。なお「わりなし」（どうしようもない。やるせない）の連体形は「わりなき」で、已然形が「わりなけれ」であるから、係結《かかりむすび》の関係は「夕べぞわりなき」もしくは「夕べこそわりなけれ」でなければ誤りである。「めぐる夕べぞ」と七音にし、「けれ」をそろえるために、「夕べぞわりなけれ」として、文法をふみ越えてしまったのであろう。ともかく、表題のとおり、糸車のまわる静かで単調な音のように、全編がおだやかなリズムに満ちている。用語のうえでも「しづか・ふかき・やはらか・ひとり・さみし・ゆかし・しをらし・黙《もだ》す」など、同種の語を選定して統一ある気分をつくり出している。なお、修辞上で、最終行「その物思やはらかにめぐる夕ぞわりなけれ」の「やはらかに」は、〈もの思い〉と〈糸車の回転〉の両方に対する懸詞《かけことば》となっている。第一連は、はじめの二行で、夕暮のよどんだ光線や空気のなかで、静かに糸車のまわっているものうい気分が提示される。末尾の二行もほとんど同じような表現なので、作のモチーフはここにあると見てよい。場所は町の共同診療所のガランとした板の間である。そこに鮮かな色彩で、金と赤との南瓜がころがっていて、たったひとり老婆が留守番がてら糸をつむいでいる、という絵画的構図である。医館・南瓜の色彩

・老婆、などいずれも幼年の軟かい神経には、やや異常に感じられる刺激的な題材である。それら全体が、糸車のものうい音で包まれている。

第二連の「耳も聞えず、眼も見えず」の対句は、老婆のほとんど静止したような余生の感じを述べたものであろう。それが、「かくて五月となりぬれば」と調子の張った語調によって明るい気分に移ってゆく。「微かに匂ふ綿くづのほこり」には五月の日中の暖かでなつかしい情緒が感じられる。時刻が移って夕方から夜にかけては、屋内の硝子戸棚の骸骨標本の浮かびあがるような白い色や、屋外の堀割に射す月のういういしい青い色によって、五月の宵の爽かな気分が表現されている。さみしい気分が中心になっている第一連には「金（黄）と赤」の刺激的な色彩を置き、明るい情緒が中心である第二連には「白や青」のような沈静的な色彩をとり入れているコントラストもおもしろい。ともかく、綿くずの匂をなつかしいと感じ、白骨の標本に目をひかれ、月光をいじらしいものとして受けとっているのは、柳河での幼年時代の体験に基づいているのであろう。第二連の末尾の「しづかに黙す」は、老姿の動作を示すとともに、この作品の終了を告げている。

柳河について白秋は、「静かな廃市の一つである」「さながら水に浮いた灰色の柩《ひつぎ》である」（「わが生ひたち」）と書いている。このように、過去の活動をひめながら、ものうい無力感をただよわせている町の雰囲気が、その柳河における老婆のイメージと重なり合っているのである。

幼年の性心理

「糸車」における追憶感情では、ガラス戸棚の白骨が、やや刺激的な異常さを示すくらいで、全体におだやかでやわらかな気分がただよっていた。しかし、次に掲げる「にくしみ」の主題は、幼年のはげしい性衝動である。

にくしみ

青く黄《き》の斑《ふ》のうつくしき
やはらかき翅《は》の蝶《チユウツケ》を、
ピンか、紅玉《ルビー》か、ただひとつ、
肩に星ある蝶《チユウツケ》を
強ひてその手に渡せども
取らぬ君ゆゑ目もうちぬ。
夏の日なかのにくしみに、
泣かぬ君ゆゑその唇《くち》に
青く、黄の粉《こ》の恐ろしき
にくらしき翅をすりつくる。

白秋筆ゴンシャンのカット

たいていの男の子は虫をつかまえるのに熱中する。ことに美しい蝶は宝物である。この作品も、美しい蝶をめぐっての、男の子の激情を描いている。彼は、成人が女性にピンやルビーを贈るように、彼の宝物の蝶を生きた美しい装飾品として、遊び友だちの女の子に与えるのである。彼女に対する愛情が基底となっていることはいうまでもない。ところがその子は受けとらない。拒絶された愛は憎しみに転じて、怒った彼は女の子の目を打つ。

これで相手が泣き出せば、男の子の気持ちは解決がつく。しかし、蝶を「とらぬ君ゆゑ」相手を打ったのに、「泣かぬ君ゆゑ」さらに強いはたらきかけとして、相手の唇へ蝶の翅の粉をすりつけるのである。これは相手を打つのとは違って、単なる憎しみではなく、愛情の変形としてのサディズムである。幼い男の子が女の子に対して示す愛情には、往々にしてこのようなはげしい性衝動の形をとる場合がある。

この詩の童女は、気性の勝った、りりしく美しいGonshanのように思われる。「夏の日なか」という語が男の子の衝動のはげしさに適合しているし、蝶を方言で呼んでいるのも切実感がある。『思ひ出』のなかでは、性欲への無意識裡の憧憬や恐怖などをモチーフとした作品をいくつも拾うことができるが、もう一つ、詩章「ＴＯＮＫＡ　ＪＯＨＮの悲哀」から、幼時の感覚を写した作品をのぞいてみよう。

朱欒《ザボン》のかげ

弟よ、
かかる日は喧嘩《いさかひ》もしき。
紫《し》蘇《そ》の葉のむらさきを、韮《にら》をまた踏みにじりつつ、
われ打ちぬ、汝《なれ》打ちぬ、血のいづるまで、
柔《やはら》かなる幼年の体《からだ》の
こころよく、こそばゆく、手に痛きまで。
豚《ぶた》小屋《ごや》のうへに朱欒の実《み》黄にかがやきて、
腐れたるものの香《か》に日のとろむとき、
われはまた汝《な》が首を擁《いだ》きしめ、擁きしめ、
かぎりなき夕ぐれの味覚に耽《ふけ》る。
ふくれたるその頬《ほほ》をばつねるとき、
わが指はふたつなき諧楽《シムフオニ》を生み、

いと赤き血を見れば、泣声のあふれ狂へば、
わがこころはなつかしくやるせなく戯《たは》れかなしむ。

思ひいづるそのかみのTYRANT.
狂ほしきその愉楽《ゆらく》……
今もまた匂《にほひ》高き外光の中、
あかあかと二人《ふたり》して落すザボンよ。
その庭の、そのゆめの、かなしみのゆかしければぞ。

弟よ、
かかる日は喧嘩《いさかひ》もしき。

幼年の日に、弟チンカ・ジョンと打ち合いの喧嘩をした時の官能的な悦楽をうたっている。触覚・痛覚を中心とする嗜虐と被虐の交錯した世界である。紫蘇や韮《にら》は強く嗅覚を刺激し、豚小屋やザボンもまた匂が中心となり、それが痛覚と混り合う。第四連では、時が経って少年となり、かつて幼年の日に弟をいじめて快感を覚えた「狂ほしきその愉楽」をなつかしみながら、いまも弟とふたりでザボンの実を落としているので

ある。

『東京景物詩』の性格

『思ひ出』が柳河を母胎として成立したのと対照的に、第三詩集『東京景物詩及其他』は、表題どおり、東京の生活から生まれている。前者は郷土や幼時への愛着が基底となり、後者では都会や青春に対する情緒が中心となる。

『東京景物詩及其他』は大正二年七月初版で、明治四十二年から大正二年に至る期間の作品を収め、詩風としては『邪宗門』を継承し、『思ひ出』や『桐の花』とも交錯する。四十一年末から始まったパンの会時代の耽美主義の作品が主体であり、大部分は『屋上庭園』『スバル』『朱欒《ザンボア》』などに発表したものを収録している。成立の環境として〈東京〉については、この都会に移植された西洋近代文化に対する憧憬、すなわち異国趣味《エキゾチシズム》が主要な作因である。一方、東京に残存する江戸文化をも一種の異国趣味として受けとっていて、「わかい東京に江戸の唄、／陰影《かげ》と光のわがこころ」（「金と青との」）という複合した心情が制作の基底に置かれている。要するに、官能的な都会趣味を中軸とする印象詩、というのがこの詩集の性格を代表するのではなかろうか。

この詩集は、「緑の種子」一章十二編を増補し、『雪と花火』と改題して新版を出した（大正五年七月）。内容は「東京夜曲」「S組合の白痴」「青い髯」「槍持」「雪と花火」「銀座の雨」「緑の種子」の七章八十余編である。なお、初版本の献詞として、

「わかき日の饗宴を忍びてこの怪しき紺と青との詩集を〃PAN〃とかの「屋上庭園」の友にささぐ」

と書いているが、後に、

「この怪しき黄と緑との」（『雪と花火』）
「この新しき金と赤との」（昭4、『全集』）

と訂正している。色彩語によって詩集の性格を示しているのであるが、時期によって変化しているのは興味深い。

官能の薄明

この詩集の巻頭の作品、「公園の薄暮」は、明治四十二年三月の『スバル』に発表された。ちなみに、『邪宗門』の刊行も同年同月である。

公園の薄暮

ほの青き銀色の空気に、
そことなく噴水《ふきあげ》の水はしたたり、
薄明《うすあかり》ややしばしさまかへぬほど、

ふくらなる羽毛頸巻《ボア》のいろなやましく女ゆきかふ。

つつましき枯草の湿るにほひよ……
円形《まるがた》に、あるは楕円に、
劃《かぎ》られし園の配置の黄にほめき、靄《もや》に三つ四つ
色淡《うす》き紫の弧燈《アアクとう》したしげに光うるほふ。

春はなほ見えねども、園のこころに
いと甘き沈丁《ぢんちやう》の苦き蕾《つぼみ》の
刺すがごと沁《し》みきたり、瓦斯《ガス》の薄黄《うすぎ》は
身を投げし霊《たましひ》のゆめのごと水のほとりに。

暮れかぬる電車のきしり……
凋《しを》れたる調和にぞ修道女《しうだうめ》の一人消えさり、
裁判《さばき》はてし控訴院に留守居《るすゐ》らの点《とも》す燈《あかり》は
疲れたる硝子より弊私的里《ヒステリイ》の瞳を放つ。

いづこにかすずろげる春の暗示よ……
陰影《ものかげ》のそこここに、やや強く光劃《かぎ》りて
息ふかき弧燈《アアクとう》枯くさの園に歎けば、
面黄なる病児幽《かす》かに照らされて迷ひわづらふ。

朧《おぼろ》げのつつましき匂のそらに、
なほ妙《たへ》にしだれつつ噴水《ふきあげ》の吐息したたり、
新しき月光《つきかげ》の沈丁に沁《し》みも冷ゆれば
官能の薄らあかり銀笛の夜とぞなりぬる。

この公園は、「裁判はてし控訴院（現在の高等裁判所にあたる）」とあるので、日比谷公園と思われる。時期は、「枯草の湿るにほひ」がして、「沈丁の苦き蕾《つぼみ》」があり、「いづこにかすずろげる春の暗示」が感じられるような、東京の三月初めごろの季節であろう。まだ肌寒いころなのでボアを着けた女たちが歩いている。冬と春との交錯する複雑な季節である。表題の「薄暮」というのも、昼と夜との交錯する、これも複雑で不安定な心理を催させる時刻である。

この詩の風物描写は「ほの青き銀色の空気」の薄明りがしばらく続くころから筆を起こしている（第一連）。

次いで靄の中に、ともりはじめたばかりの薄紫色のアーク灯がにじみ（第二連）、水辺にともるガス灯の薄黄色は、身投げした人の霊を夢見るようにぼんやりと光っている（第三連）。電車のきしる音だけは鋭くて暮れようとはしないが、日程を終えた控訴院で用務員がともすあかりは、神経質にチカチカと光り（第四連）、どこかに早春の気配が感じられるとき、ものかげのあちこちの枯草の上に、アーク灯が深く息づくように光を投げかけている（第五連）。そして、最終連では、新しい月光がおりてきて、冷えびえと沈丁花を照らすと、あたりは官能的な薄明の夜となる。というように、全編は、〈光〉を中心に展開している。第一連と最終連は空の光が、中間の連では人工の灯が扱われている。

次に、人物描写としては、都会的な婦人たち、修道女、役所の用務員、黄色い顔色の病気の子どもなどで、このなかには、病児や修道女のように、非日常的な要素を感じさせる人物も登場して、作品に特殊な印象を添えている。都会というものの複雑な性格を示しているのであろう。

要するに、この作品の意図するところは、東京という都会における早春の季節感、もしくは、早春における東京という都会の情緒を、官能的な面で描こうとしたのであろう。このため、先に検討したように、〈光〉という視覚的要素を中軸として展開し、これに加えて、沈丁花や枯草などを嗅覚的に扱っている。三月初旬頃の夕暮から宵にかけての、冷と暖の交錯する気温の感覚も暗示されている。これら官能的諸要素が、都会の、人の動きの多い公園を舞台として描写されているため、季節感としても都会情緒としても、効果的な表現を得ているのである。

六月の宵の官能

東京の山の手を題材とした景物詩、印象詩としての秀作に、「物理学校裏」という五十行余の長い作品がある。

物理学校裏

Borum. Bromun. Calcium.
Chromium. Manganum. Kalium. Phosphor.
Barium. Iodium. Hydrogenium.
Sulphur. Chlorum. Strontium. ……
（寂しい声がきこえる、そして不可思議な……）

日が暮れた、淡《うす》い銀と紫——
蒸し暑い七月の空に
暮れのこる棕《しゅ》櫚《ろ》の花の悩ましさ。
黄色い、新しい花穂《ふさ》の聚団《あつまり》が
暗い裂けた葉の陰影《かげ》から噎《む》せるやうに光る。
さうして深い吐《と》息《いき》と腋《わき》臭《が》とを放つ、

歯《し》痛《つう》の色の黄《きな》、沃土ホルムの黄、粉っぽい亢奮の黄。
$C_2H_2O_2H_2+NaOH=CH_4+Na_2CO_3$……
蒼白い白熱瓦斯の情調《ムウド》が曇硝子を透して流れる。
角窓のそのひとつの内部に
光のない青いメタンの焔が燃えてるらしい。
肺病院のやうな東京物理学校の淡《うす》い青灰色《せいくわいしよく》の壁に
いつしかあるかなきかの月光がしたたる。

（後略）

まず、硼素・臭素・カルシウム・クローム・マンガン・カリウム・燐……などの元素名を横文字で並べたてた、風変わりな書き出しである。これらは、物理学校（現在の東京理科大学）から聞こえてくる講義のことばであるが、もちろん化学上の特殊な意味をふくめて書いているのではない。これらの日常的でない響きを持つ特異な単語を並べることによって、この作品の持つ官能的世界への巧みな導入をおこなっているのである。

第一連で、詩作の〈所〉を示したのに対して第二連の冒頭では、詩作の〈時〉やモチーフを示している。

『雪と花火』表紙

「日が暮れた、淡い銀と紫ー／蒸し暑い六月の空に／暮れのこる棕櫚の花の悩ましさ」というように、作詩の季節や時刻は、「蒸し暑い六月」の夕方である。「淡い銀と紫」の夕方の空の中に暮れ残る、黄の色と強い匂を持つ「棕櫚の花の悩ましさ」に、この作品のモチーフとしての官能性が集約されている。以下、琴の稽古の音、物理学校の講義の声、四谷の駅を出た汽車の響、などの聴覚をはじめ、豊富な官能的要素を駆使して、山の手の町の宵の印象を描いている。

この詩は、〈近代的西洋的な趣味と伝統的日本的な情緒〉〈主知的高踏的な気分と市民的なつつましい生活感情〉などが複合した世界で、こういう雰囲気のなかでの倦怠や哀愁や焦燥がモチーフとなり、それが「蒸し暑い六月」の「棕櫚の花の悩ましさ」に凝集されている。この傾向について白秋は、「種々雑多の感覚を交錯させて、悩ましい綜合の中から、ひと色のある気分を出し度いと思ったのである」（大5・「雪と花火余言」）と書いている。この意図のもとに、縦横の詩才を駆使して、表現に腐心しているのである。したがって、彼が創造しようとしたのは、悩みと痛みという病的で退廃的な世界ではあっても、その作詩態度は決して絶望的な弱さなどではない。むしろその逆で意欲的に官能性を吸収し造型しようとする、積極的で健康な詩的エネルギーにあふれているのである。

近代的東京風物をモチーフとする作品が「公園の薄暮」や「物理学校裏」であるとすれば、一時代前の江戸情緒的要素を加味して下町的気分を表現しているのが「片恋」である。

あかしやの金と赤

片恋

あかしやの金と赤とがちるぞえな。
かはたれの秋の光にちるぞえな。
片恋の薄着のねるのわがうれひ
曳舟の水のほとりをゆくころを。
やはらかな君が吐息のちるぞえな。
あかしやの金と赤とがちるぞえな。

六行構成の短い詩型で、ひら仮名の多い表記は、一見してやわらかい情緒を覚えさせる。ことに四か所で繰り返される「ちるぞえな」には、江戸時代の用語を思わせるゆるやかな語感がある。「散る」に「ぞ・え・な」の三つの助詞を重ねて、やわらかに念を押しているような詠嘆調である。

各行、五七五音の定型で、「あかしやの」「かはたれの」「片恋の」「曳舟の」とはじめの五音に「の」を付けた同型の語法を並べ、一つの行のなかでも、「片恋の薄着のねるの」と、同音を重ねてリズミカルにしている。冒頭と末尾を全く同形の詩句とし、二行目「かはたれ」を五行目「やはらか」と対応させている構成の点にもリズムが感じられる。

「金と赤」は、『思ひ出』の「糸車」にも使われている、白秋好みの色彩語である。ここでは、あかしやの色づいた葉が、夕陽に照らされて一そう鮮かに輝いているのを「金と赤」としているのである。それが「やはらかな君の吐息の（ごとく）」に散る。その「君」に対する「片恋の……うれひ」が本編の主題である。

なお「片恋の薄着のねる」の「薄」は、「片恋」と「ねる」の両方にかかり、恋の思いと布の生地の感触とを重ね合わせている。

以下、少し語注的に鑑賞してみよう。「あかしや」は、どこか異国的で新鮮な語感が好まれたらしく、『桐の花』には、「ほのぼのと人をたづねてゆく朝はあかしやの木にふる雨もがな」という作品があるし、白秋の詩友木下杢太郎は別号を「きしのあかしや」としている。「かはたれ」は「彼《か》は誰《たれ》」の意で、明方や夕方の薄明に用いるが、白秋はもっぱら、夕刻・たそがれの意に使用している。この語も「さしむかひ二人くれゆく夏の日のかはたれの空に桐の匂へる」（『桐の花』）の用例が見られる。「ねる」は春や秋の合着の布地で、ここでは、「ねる」を着る、秋の季節感とその肌ざわりとが、片恋の淡い愁いをふくんだなつかしさに通うものとして、「薄着のねるの（ごとき）わがうれひ」としているのである。「曳舟」の解釈には、地名説と、実際に舟を曳いている情景だとする説とがある。この詩は墨田川畔を発祥の地とする「パンの会」時代の作品であり、下町情緒を中心とした作品でもあるから、現在墨田区にある地名の「曳舟」の語感に重点を置き、それに舟を曳いてゆく情景を重ね合わせて鑑賞すれば原作の意味に近いのであろう。

ともかく、「片恋」という主題のもとに、「ちるぞえな・かはたれ・秋の光・薄着のねる・うれひ・水のほとり・やはらか・吐息」などの語を選択して、淡い愁いの世界をつくりあげている。そこに「金と赤」という色彩語や「あかしや」のような外国風の語をとり入れてきわめて新鮮な印象を添えているのである。

白秋は「雪と花火余言」のなかで、「片恋」について、「わが詩風に一大革命を惹き起した」作品であるとし、「私の後来の新俗謡体は凡てこの一篇に萌芽して、広く且つ複雑に進展して居ったのである」と記している。たしかに、一読して『邪宗門』の象徴詩風と異なっているし、『東京景物詩』の「公園の薄暮」や「物理学校裏」の作風とも相違することは明らかである。伝統的な歌謡の流れをくむ、しゃれた小曲風は、『思ひ出』の諸作とともに、この「片恋」に源流を求めることができる。

日光と落葉松 ——『印度更紗』と『水墨集』——

三崎の新生

第三詩集『東京景物詩』の刊行は、俊子との恋愛事件の後、東京を去って三崎に移住した大正二年のことである。詩集の巻末には、

「東京、東京、その名の何すれば、しかく哀しく美くしきや。われら今高華なる都会の喧騒より逃れて漸《やうや》く田園の風光に就《つ》く、やさしき粗野と原始的単純はわが前にあり、新生来たらむとす。顧みて今復《いままた》東京のために更《さら》に哀別の涙をそそぐ。」

と書いている。ここでは、詩集の性格上、東京という都会を中心とした発言になっているが、都会への愛着を述べるとともに、田園という新しい詩的環境の開けたことについてもふれている。三崎において、白秋の詩風は、官能的耽美的傾向を脱して、第二の段階へと展開するのである。この地での体験をまとめた詩集が『真珠抄』と『白金之独楽《コマ》』で、単行詩集とはならなかったが、「畑の祭」も三崎での収穫である。

「短唱」という新形態

白秋は、「印度更紗《さらさ》」という名称で、月刊の詩集を出そうと計画し、その最初が『真珠抄』（大3・9）である。ここで彼は「短唱」という新形態の詩作を試みているが、

このことについて、詩集の巻末につけた「真珠抄余言」で次のように述べている。

「真珠抄の短唱六十八章は千九百十三年九月わが三崎淹留《えんりゅう》中初めて提唱し、そののちをりをりに書きあつめたるものなり。わが短唱はわが独自の創見にして、歌俳句以外に一つ新体を開くべきものなり。詩形極めて短小なれども、かくの如く既成形式によらず、自由にリズムの瞬《またた》きを尊重し、真実真珠の如く、純中の純なる単心の叫びを、幽《かす》かに歌ひつめんとするなり。わが短唱も愈《いよいよ》日本在来の小唄のながれを超えて幽かに象徴の奥に沈まむとす。白金の静寂わが上に来る。歓ばしきかな。」

『真珠抄』初版本表紙

右によれば、彼の創始という「短唱」は、単一純粋な心情を短詩型に盛りこんだものである。しかし、短歌俳句の定型にとらわれることなく、『梁塵秘抄《りょうじんひしょう》』や『閑吟《かんぎん》集』や『隆達《りゅうたつ》小歌集』のような、在来の「小唄のながれ」を汲みながら、しかもそれを越えて、象徴詩の域にまで深めようとしたものである。

永日礼讃

ひと日海のほとり、斜《ななめ》なる草原の中に寝ころびぬ。日の光十方にあまねく、身をかくすよすがもなし。

真実にただひとり、人間ものもあらざれば感極《かんきは》まりて乃《すなは》ち涙をぞ流しける。

滴《したた》るものは日のしづく静かにたまる眼の涙
人間なれば堪へがたし真実一人《ひとり》は堪へがたし
珍らしや寂しや人間のつく息
真実寂しき花ゆゑに一《いち》輪《りん》草《さう》とは申すなり
磯草むらの螽蟖《きりぎりす》鳴かずにゐられで鳴きしきる
宙を飛ぶ燕《つばめ》ひもじかろ燕
鳥のまねして飛ばばやな光の雨にぬれればやな
とめどなや風がれうらんとながるる
山が光る木が光る草が光る地が光る
片面光る槐《ゑんじゆ》の葉両面光る柳の葉
勿《もっ》体《たい》なや何を見てもよ日のしづく日の光日のしづく日の涙

（十六首中より抄録）

詞書によれば、作者はただひとり草原の斜面に身を横たえ、満ちあふれる陽光を浴びて深い感動を覚えている。この感動こそ、自然信仰に基づく汎神論的法悦境で、『真珠抄』や『白金之独楽』を形成する基盤である。彼はこの宗教的感動について、とくに体系的に説明はしていないが、作品の表現に即して整理してみると、次のような構造が考えられる。

宇宙の根源的生命力

まず、「永日礼讃」で〈十方にあまねき日の光〉や〈繚乱《りようらん》と流れる風〉に感動を覚えているのは、このような自然現象に触れることによって、これらの〈現象〉の奥にある〈本体〉のはたらきを直観しているからである。本体とは、自然・人事をふくめて宇宙間の万象を発生させ統一支配している絶大霊妙な力であって、信仰的に見れば、神であり仏である。「永日礼讃」にうたわれているように、花が咲き、虫が鳴き、鳥が飛ぶのは、この本体・宇宙根源力・神仏の力が、そのようにさせているのである。キリギリスに神の力がはたらきかけるので、「鳴かずにゐられで鳴きしきる」のである。

「薔薇《バラ》ノ木ニ／薔薇ノ花サク。//ナニゴトノ不思議ナケレド」（『白金之独楽』）というのも、バラにはたらきかけ、バラをとおして顕現する神の力への賛嘆である。常識的には、バラの木にバラ以外の花が咲けば不思議であるが、バラの花が咲くことは何ら不思議とはしない。しかし、神の力という宇宙意識の観点では、この考え方と逆になる。バラの木に必ずバラの花を咲かせ、絶対にバラ以外の花をつけさせぬ点にこそ、驚嘆すべき神秘的なはたらきが感じられるのである。後年の作「落葉松」の詩句、「山川に山がはの音、／からまつにからまつのかぜ」もまた、万象それぞれに、神から与えられた本性に随順して生かされている、調和的世界に対する感動である。

日光礼讃

ところで、宇宙根源力・神の力を感得するのに、自然が対象とされ、とくに〈日光〉がとりあげられるのはなぜであろうか。根源力はどの現象にもあらわれるのであるが、複雑な人事現象よりも、比較的平明な自然現象のほうに、それも日光のような元素的始源的な現象のなかに、より直接的な現われとして感じられるからである。日光があまねく満ちわたるのは広大な宇宙根源力の現われにふさわしく、生物を育成するエネルギーとなる点でも、神の愛の顕現として受けとられるのであろう。また、根源力はどこにでも存在するが、感覚的には遠く高くすばらしいところ、すなわち〈天〉に在ると実感されるので、そこからふり注ぐ日光が尊重されるのである。なお、「永日礼讃」において白秋は、「真実にただひとり」で、日の光につつまれている。あたりには何ひとつ人為的な現象はない。それ故、〈日光〉をはじめ、彼の周辺にある現象のことごとくが、人間以上の偉大な力によって生み出され動かされていることを強く実感するのである。

要するに、素朴で純粋な現象は根源力のはたらきをそのまま具現している点で尊重され、それに接することで深い宗教的感動を覚えるのである。それゆえ、前述のように人事よりも自然が対象とされるのであるが、人事現象のなかでも、児童の言動の純粋さなどに、神の力のはたらきを見ることができる。『真珠抄』の短唱、「飛び越せ飛び越せ薔薇の花子どもよ子どもよ 薔薇の花」(「子ども」)には「天真流露子どもがはねるぞはねるぞ」と詞書をつけている。白秋が後年、童謡に関心を抱くことの原因の一つをここに探ることができるであろう。

万象交感の調和的世界

次に「永日礼讃」の宇宙意識の一つとして、万象交感の思想が注目される。この場合、彼は「真実にただひとり」で、あたりに人間はいない。その寂しさで仲間を求め、同じく生き物である「花」や「きりぎりす」や「燕」などと交感しようとする。このように、万象を結び合わせ、調和させようとするのが、根源力の意志なのである。「山が光る木が光る草が光る地が光る」というのは、宇宙意志のあらわれとしての調和的世界の姿である。『白金之独楽』の中の次の作品は、このテーマをさらに詳細に述べている。

白金交感

鳥獣モロモロノ魚介《ギョカイ》、
スベテ皆アルガママニ肯《ウベナ》ハシメ、
天体、山嶽、雲、雨、嵐、
又スベテアルガママニ薫《クン》ゼシメタマヘ。

サラニ草木《サウモク》ノ官覚ヲシテ、
切ナル人間ノ感傷ト交感セシメ、
紅《ベニ》ヲ金ニ、黒ヲ銀ニ、
世界一面ニ白金ラヂウムノ地雷ヲ爆発《ハヂカ》セタマヘ、亜免《アーメン》。

ここで、「白金」とは、直接には日光であり、さらに、光り輝くもの、高貴なもの、宇宙根源力の顕現、の意味にまで深めている。したがって、この作品の主眼は、表題のように、〈万象の白金的交感〉という宗教的な祈りである。鳥獣魚介の生物、日月星辰の天体、雲雨嵐の天象、それに地上の山岳河川など、万象が個性を発揮しながら互いに交感して、「世界一面ニ白金ラヂウム」の光を躍動させたいと祈るのである。もちろん、人間も生物として、「草木ノ官覚」と交感し万象と調和する。「亜免」というのは、この祈願が宗教的感動に基づくことの表現であって、とくにキリスト教の立場からの発言というわけではない。

『白金之独楽』
初版本表紙

さて、万象は神の力のあらわれであるという考え方をおしすすめると、万象こそ神そのものであるという汎神論となり、この傾向は『白金之独楽』において一そう強調される。「感涙ナガレ身ハ仏《ホトケ》」(「白金之独楽」)「耀ヤクモノハ日霊女牟遅《ヒルメムチ》」(「日光四章」)のように、白秋や日光それ自身が仏であり神なのである。(ヒルメムチは日神。天照大神)。さらに、「光リカガヤクモノノ音/十方世界ニ満チワタル。//草葉ニ一点、カネタタキ/鉦《カネ》ヲ打ツテゾオハシケレ。」(「カネタタキ」)では、昆虫が神格化されている。

『白金之独楽』の成立が右のような汎神論的自然観を中心とする法悦境に基づいていることについては、詩集の巻末に次のように記している。「本集収ムルトコロノ詩九十五篇殆《ホトンド》皆最近三日三夜ノ制作ニ成ル」「白秋三日三夜法悦カギリナク、タダ麗《ウラ》ウラトシテ 霊《タマシヒ》十方法界ニ游《アソ》ブ。飯モ乳モ咽喉《ノド》ニハ通ラズ、悦《ヨロコバ》シキカ、苦シキカ、タダ悶々《モダモダ》ナリ」「我マタカクノゴトク一心恭敬シテ、詩ヲ作リタルコトナシ、頂礼《チヤウライ》極マレバ詩形自《オノヅカ》ラ古キニ帰ル。タダ純一無垢ノ悲ヲ知ルノミ。而《シ》カモ、素朴ナル我ガ言葉ハマタ自カラ片仮名ニテ綴ラレヌ、イカムゾ奇ヲ衒《テラ》ハンヤ、ヤムベカラザリツレバナリ」(「白金之独楽奥書」)

「十方法界」とは、法界としての十方、〈宗教的感覚でとらえた宇宙〉の意である。つまり、宇宙全体を直観した詩的感動で、それが三日三夜続いたという。このような法悦・詩的恍惚境から生まれたのがこの詩集の作品で、その感動のはげしさのゆえに、しぜんに用語は力強い文語となり、用字も簡潔な片仮名となっているのである。

宮沢賢治への影響

なお、白秋の影響を受けた後進の詩人たちのひとりに宮沢賢治がいるが、彼が奉職していた農学校の生徒のために書いた精神歌（大11）の歌詞「日ハ君臨シ　輝キハ　白金ノ雨ソソギタリ　我等ハ黒キ　土ニフシ　マコトノ草ノ　種マケリ」は、「白金」ということばや片仮名表記などの点で、明らかに白秋の詩業が意識されている。賢治も宗教的観点から宇宙根源力の存在を確信し、〈宇宙意識に基づく文学（＝心象スケッチ）〉を主張して、まことの幸福という大調和の理想的世界の出現を希求したのである。白秋より十歳ほど年下の賢治（明29生）は、『白金之独楽』出版の年（大3）に盛岡中学校を卒業、翌年、盛岡高等農林学校に入学した。後年、彼は文語詩論を執筆するためのメモのなかに、「沿革」として「今様、藤村、夜雨、白秋」と書いている。文語詩の歴史で注目すべき作家・作品を挙げたもので、「今様」は宗教的色彩の強い『梁塵秘抄』のことであろう。

白金曼陀羅（十方法界之図）

『印度更紗』の性格

ともかく、宇宙の根源的エネルギー・神の力に生かされた白秋の生命力の輝きが三崎時代の詩業であった。その性格については『真珠抄』『白金之独楽』両詩集に共通の巻頭言、「印度更紗の言葉」に要約されている。

「心ゆくまでわれはわが思ふほどのことをしつくさむ。ありのまま、生きのまま、光り耀く命のながれに身を委ねむ。れうらんたれ、さんらんたれ。わがうたはまた、印度更紗の類ひならねど渋くつや出せ、かつ煙れ」（『白金之独楽』では、漢字・片仮名表記）

右によれば、彼の詩は、内容の面では、生命力の発露そのままの姿、つまり、根源力の促しのそのままであり、表現の上では、「渋くつや出せ、かつ煙れ」というように、彼の詩才によって洗練された味わいを加えようとしている。この点で、『印度更紗』は、〈神と人〉との合作といえるであろう。

三崎の生活は一年に満たぬ短期間であったし、その体験に基づく『印度更紗』も二冊刊行されただけであるから、作品の量も多くはない。しかし、従前の詩風からの際《きわ》だった変化と、詩魂のはげしい燃焼の点で、白秋詩史のうちで特色ある第二期をつくりあげている。なお、題材や作風や執筆時期などの点で、『印度更紗』と重なり合うのが、歌集『雲母集』の作品である。単行詩集としては刊行されることのなかった「畑の祭」も、三崎の生活を題材としている。しかし、『印度更紗』のような高揚した宗教性はみられず、田園の風物や農民の姿を、平明な調子で描写している作品が多い。

『水墨集』の詩境

『印度更紗』の法悦的詩境の後、短歌に心を傾けるようになった白秋は、ほとんど詩作から遠ざかっている。三崎や小笠原での生活をともにした最初の妻を去り、次いで第二の妻とも別れねばならなかった彼は、大正十年一月、佐藤キクと結婚して、はじめて平安な家庭生活にはいることができた。このことが彼の作風にも大きく作用し、穏かさと広がりとを加えることとなる。この年の十月には「落葉松」を書いたことが機縁となって再び詩作に復帰することとなった。これが、「落葉松」的な静寂な詩境を中心とする第六詩集『水墨集』（大12・6刊）の世界である。閑寂な作風は、すでに大正五、六年ごろの葛飾時代の短歌によって確立されているが、大正十年に穏かな家庭生活を得てからは、その反映であろうか、いっそうおおらかで自由な境地を展開することになった。閑寂さを深め、しかもそれに執することなく、洗練されていぶしをかけられた華やかさも漂っているようである。色彩的にいえば第一期の詩風の「金と赤」から、第二期の「白金」的傾向を経てきた後の、「水墨」の世界で、華麗極彩から閑寂淡彩へと移行してきたのである。

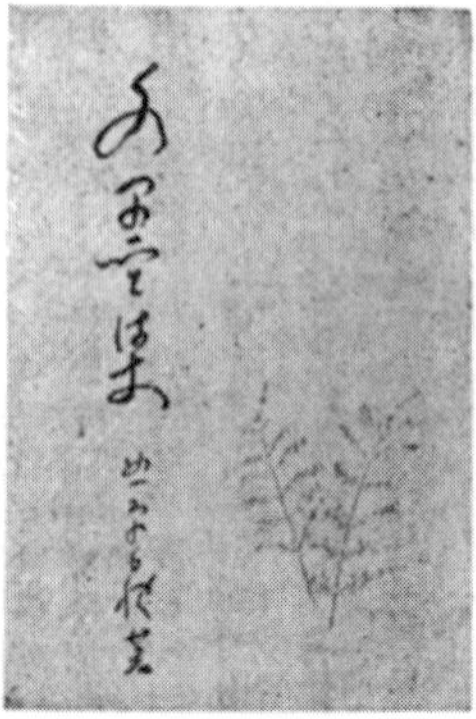
『水墨集』初版扉

『水墨集』に収める詩編は、古くは大正六、七年の作からあるが、主として十一、十二両年の作で構成されている。次に、この集の代表作、『月光微韻』と『落葉松』にふれてみよう。前者は、詩集の巻末につけた「水墨集解説」で「十一年六月のある月夜、海の見える書斎の露台に独《ひとり》しづかに黙想に耽つてゐて、何か迫り来る或る陰影と光とに驚かされて、突然に此の感興が湧いた。」と書いている。

月光微韻

(1)

月の夜の
羅漢柏《あすはひのき》の
なんとなき
春の幽《かす》けさ。

(3)

星よりも
ほのかなものは
みどり児のほほゑみ、
ついたち二日《ふつか》の月。

(4)

露けきは月の夜にして、
竹の根の
竹《たけ》煮《に》草《ぐさ》の葉。

(6)
人声の
近づきて、
明るか、
月の野茨《のいばら》。

(11)
蝶の飛ぶ
水田明り、
その末は
月の夜の海。

(15)
月の夜の
見えの薄さ、
風の吹く道、
星の間《あひだ》の線《せん》。
(18)

月かげすらも
痛からむ、
明日ひらく紅《あか》き蓮《はちす》の
蕾《つぼみ》の尖《さき》よ。

幽かなる月明の世界　「月光微韻」は、同じ表題のもとに統一されていて、しかも、それぞれに完成し独立した意味を持つ二十二の短唱から成る。ここではそのうち七編を抄出した。まず、この短唱群のはじめにつけた次のような詞書を見ると、同じく「短唱」形態にしても、『真珠抄』の場合とは趣を異にしている。

「自然観照の深さとその幽けさとの奥にひそみて、かの消なば消ぬかの月の光を、いな、月のにほひを、その象《すがた》をさへもとらへむとする幽かなる人々にのみ、このほのかなる短唱のかずかずをおくる。形のあはれに短かくほのかなるは心の幽かなるに由る。こは歌にも俳句にもあらず、詩より入りてさらに幽けく凝《こご》れるのみ。」

「幽か」「ほのか」という語が繰り返して強調されていることからもわかるように、『印度更紗』の強烈で刺激的な感覚ではなくて、幽寂な境地を集約的に伝えようとしている。しかし、かつての華麗な官能性が全く消失したのではなく、濾過され純化されて沈殿し、ほのかに輝いているのである。

(1)は、あすは桧《ひのき》になろうという、つつましくいじらしい願いを抱いて月光の中に立っているアスナロに、淡く快い春の季節感にふさわしいものを感じている。(3)星の光は微妙なものであるが、さらにほのかで初《うい》々しいものとして嬰児《えいじ》の笑いと、新月の色とを組み合わせて示している。白秋がはじめての子どもを得たのは、この作品を書いた三月《みつき》前であるから、中心は「みどり児」に置かれているのであろう。それに星と月とを配したのである。なお、星の光は変わらないが、嬰児と新月とは微妙な初々しさのなかに、やがて大きく成長する芽生えを蔵している。(4)は、単なる叙景ではない。竹煮草の広い葉に露がいっぱいで、それに月光がさしている。露と光でつくり出す、ひっそりとした世界である。月光のもとに沈まっている、露いっぱいの情景を「露けきは月の夜にして」と表現したのは非凡である。〈つゆけきはつきの……〉〈竹の根の竹煮草〉と頭韻をふんでいる。

(6)は、月光のもと、白く咲く野茨が、近づいてくる人の気配に一際《ひときわ》ほっと明るんだように思われた、という軽い驚きの気持ち。(11)では、水田の明るさの上を飛ぶ蝶の白さが浮かび、さらに視線を延ばすと、彼方には月光に輝く夜の海が広がっている。蝶と月、水田と海、の対照。作者の視点の移動によって雄大な構図が描き出される。その中の可憐な蝶。(15)は、月の夜に、かすかに見える、星と星との間の線を風の吹きわたる道と感じている。雄大な構図のなかに、かすかではろばろとした感情を投入している。(18)では、月光が水面に降りそそいでいる。そこには、明日ひらくばかりになって蓮の蕾がほんのりと紅《あか》らんで尖っている。それは、やさしい月の光でさえ、痛く感じそうなほど、繊細でういういしい。

以上のように、これらの短唱群の精神と表現には、洗練された近代性が感じられるが、その根底には伝統的な俳句の芸術性が、ことに芭蕉の境地が意識されていると思われる。たとえば、「19 頼むは明日《あした》の星、／にほへよ月の椎の木。」は、明らかに芭蕉の「先づたのむ椎の木もあり夏木立」をふまえている。和歌の本歌取りの技法のように、芭蕉の句と、それに基づいて、しかも新しい境地をうたった短唱とによって二重写しにされた厚みが感じられる。なお、このころ、白秋は俳句も作っていた。大正十二年の関東大震災のあとの竹林生活から、次のような作品が生まれている。「なゐ強し一命虫の声に通ず」「竹林の牛の眼よ余震しきりふる」「露なめて木琴たたけ子よ生きむ」「耿《かう》として廃屋の上を鳥渡んぬ」。白秋の句集には、没後、刊行された『竹林清興』（木俣修編、昭22・4刊）がある。

詩編「落葉松」の位置

「落葉松」が『水墨集』の代表作であるのは、その詩境の点だけではない。詩集の巻末の「水墨集解説」によれば、「十年の十月、突然に感興が湧いて」この作品を書き、「これが動機となって私は再び新に詩へ還つて来た。それ故に特に『落葉松』数章は私にとつて忘るべからざるものとなつた。」という。つまり、『水墨集』の生みの親に当たるわけである。

この作はまず、大正十年十一月、『明星』の復刊第一号に発表された。この年の八月に、信州星野温泉での自由教育夏期講習会に出講し、その折の所見がモチーフとなっている。

落葉松

一

からまつの林を過ぎて、
からまつをしみじみと見き。
からまつはさびしかりけり。
たびゆくはさびしかりけり。

二

からまつの林を出でて、
からまつの林に入りぬ。
からまつの林に入りて、
また細く道はつづけり。

三

からまつの林の奥も、
わが通る道はありけり。
霧雨《きりさめ》のかかる道なり。
山風のかよふ道なり。

四

からまつの林の道は、
われのみか、ひともかよひぬ。
ほそぼそと通ふ道なり。
さびさびといそぐ道なり。

五

からまつの林を過ぎて、
ゆゑしらず歩みひそめつ。
からまつはさびしかりけり、
からまつとささやきにけり。

六

からまつの林を出でて、
浅間嶺《あさまね》にけぶり立つ見つ。
浅間嶺にけぶり立つ見つ。
からまつのまたそのうへに。

七

からまつの林の雨は、
さびしけどいよよしづけし。
かんこ鳥鳴けるのみなる。
からまつの濡《ぬ》るるのみなる。

八

世の中よ、あはれなりけり。
常なけどうれしかりけり。

山川に山がはの音、
からまつにからまつのかぜ。

この詩は当初七連から成り、第四連が最後に置かれていたが、『水墨集』に収めるとき、新たに第八連を加え、次の詞書を添えている。

「落葉松の幽かなる、その風のこまかにさびしく物あはれなる、ただ心より心へと伝ふべし。また知らむ。その風はそのささやきは、また我が心のささやきなるを。読者よ、これらは声に出して歌ふべききはのものにあらず、ただ韻《ひびき》を韻とし、匂を匂とせよ。」（「落葉松について」）

から松の幽かなささやきは、作者の心の幽かな動きに通じるという。から松と作者との交流である。これは、『白金之独楽』の項でふれたように、〈宇宙根源力〉のはたらきによる、万象交感の思想に基づいている。

「落葉松」の韻律と構成

この作品の表現形態について、韻律と構成の二点から考えてみよう。まず韻律の点では、文語の五七調によって、ゆったりとして力強いリズムをつくり出している。作品の主題にふさわしい声調である。また語句の繰り返しによる韻律も目立つ。第七連までは、どの連も「からまつの林」という書き出しである。第一連では三行にわたって「からまつの」「からまつを」「からまつは」と

「からまつ」を反復並列し、その際、「の・を・は」と助詞を使いわけて、微妙な音感を示している。また、第三、四行の対句は「〜はさびしかりけり」の反復である。次に、第二連でも、「からまつの林」という語を三行にわたってくり返している。「からまつの林に入りぬ。／からまつの林に入りて、／また細く道はつづけり。」のように「林に入りぬ・林に入りて」という尻取り式の反復には、次々と林を通過してゆく無限の連続感が韻律的に表現されている。読者は移動撮影のフィルムを見るように、作者の歩行のリズムの中に連れこまれる。なお、林の道は、はろばろと細くわびしく続く人生の旅路を暗示している。このほか、「けり、なり、なる」などの助動詞の反復も多く、「霧雨のかかる道なり。／山風のかよふ道なり。」のような対句を随所に拾うことができる。対句もまた同種の語句のくり返しによる韻律的表現である。

このように、類似の表現が多いので、作品の展開は、一見まとまりがないように思われるが、実は、細かく配慮された緊密な構成である。二連ずつが一組で、序（第一・二連）から展開部（第三〜六連）を経て結論（第七・八連）に至る経過が整然としていて、しかもその各部はゆるやかなリズムで接続している。

第一連は冒頭にふさわしく、まず、作者の位置や詩想の焦点を提示する。それは、から松の林を通り「過ぎ」ていること、から松を「しみじみ」と観察したこと、この観照によって、自然と人生の「さびしさ」に思い至ったことである。そして第二連では、から松の林を次々と通ってゆく歩みの状態を述べているから、第一、二連でこの作品の輪郭が手ぎわよく示されていることになる。「しみじみ・さびし・細く」などの語感も、これから展開する主想を暗示している。

第三、四連の中心は「道」である。この語は、第二連の、「また細く道はつづけり」を受けて、六回もくり返される。その「からまつの道」は、「雨・風」と交流する道であり、「われ」が行く道であり、「ひと」も通る道である。つまり、自然も人生もこの「からまつの林の道」に集約されているのである。なお、「ほそぼそと通ふ」「さびさびといそぐ」のは、林の道であるとともに、人生の行路を意味することはいうまでもない。

次の第五、六連では、ふと立ち止まることで、それまでゆるやかに進んできたリズムが一時中断して、印象が更新される。「歩みひそめつ」「けぶり立つ見つ」の完了の助動詞も「ぬ」でなく、短切な完了という語感を示している。「からまつとささやきにけり」は、この表現だけからは〈(われと)からまつとささやく〉もしくは、〈(からまつが)からまつとささやく〉と解されるが、先に引用した詞書のように、「風」の幽かなささやきや「から松」の幽かなささやきが、作者の幽かな微妙な心の動きと同じであるというのであるから、ここは、から松の幽かなひびきの意味を作者が理解すること、すなわち作者が自然との一体感を覚えることであろう。つまり、から松に当たるかすかな風のひびきの中に、風やから松やその他万象を生み出し統一支配している、宇宙の根源的生命力の存在を直観しているのである。このように、から松も自分も、ともにこの根源力・神の力によって生かされていると直観するところに、この力を媒介とする、から松と作者との連帯感が生まれ、「風とそのささやきはまた我が心のささやきなるを」「からまつとささやきにけり」ということになるのである。

「浅間嶺にけぶり立つ見つ」は、いままで歩いていた林の道を出はずれて、急に視界の開けた感じがよくあらわれている。それに、単に一般的なから松の林でなく、浅間山という具体的な固有名詞を出して印象を強めている。なお、この詩句を二度くり返している声調には、謡曲の詞章の気分が感じられる。この詩が、中世的な幽玄の気分を主調としているためかもしれない。

末尾の二つの連では、中世芸術の、美の伝統を受けつぐ、芭蕉的閑寂境が中心となる。第七連は「憂き我を淋しがらせよかんこ鳥」「旅人と我が名呼ばれむ初時雨《しぐれ》」の句境をふまえているのであろう。この連のかんこ鳥や時雨の音、次の連の川の音やからまつに吹く風など、聴覚的要素で統一して、それまでの歩行による運動感覚や視覚と対照している。最終の第八連では自然と人生を統合した世界観を述べて、全編の結論としている。

無常ということ

ここで重要なのは、「常なけどうれしかりけり」の「常なし」（無常・変化）という語である。これはおそらく次のような〈現象と本体〉についての思想に立脚していると思われる。宇宙間のあらゆる現象は、〈全く同一のものはけっしてない〉という〈変〉の状態で出現させられ、そのおのおのがまた一瞬ごとに変化させられている。つまり、あらゆる現象は同時的にも継時的にも〈変〉という真理に支配されているのである。そして、この人力を越えた神秘的な〈変〉ということは、〈万象〉を発生させ、統一支配している本体（宇宙根源力・神）のはたらきによるのである。したがって、万象のそれぞれの〈変〉の姿、つまり〈個性〉こそ、根源力・神の力のあらわれである。「山川に山がはの音」があり、「からまつにからまつのかぜ」のひびきがあるというように、それぞれの現象が個性にしたがって存在していることこそ、根源力の顕現であり、神の国の調和的な姿なのである。

一般的には、〈変〉ということは、むなしさ、はかなさとして否定的に受けとられている。しかし、右のように〈変〉の意味をつきつめてゆけば、一つ一つの現象が、かけがえのない個性を発揮し、しかもそれらが変化流動していることこそ、偉大なる根源力の存在を確認することになるのである。はかないものとされていた〈変〉を、「常なけどうれしかりけり」とする価値の転換である。芭蕉も、「松の事は松に習へ、竹の事は竹に習へ」(『赤冊子』)と個性を尊重し、「乾坤の変は風雅のたね也」(『赤冊子』)として、宇宙における〈変〉という現象こそは文学の根源である、と説いている。なお、白秋は葛飾時代にも「この山はただざうさうと音すなり松に松の風椎に椎の風」(『雀の卵』)とうたって万象の個性への関心を示している。

総合的詩境
——『海豹と雲』——

『海豹と雲』の多様性

白秋の八番目の詩集『海豹と雲』は、『水墨集』以後、約八年間の詩作を収めて、昭和四年八月に刊行された。白秋、時に四十五歳である。大正十二年に『水墨集』を出して後、大正十四年には吉植庄亮と北海道・樺太に旅行して、汐首岬《しおくびさき》や韃靼海《だったんかい》(間宮海峡)の自然の中に、素朴で原初的なエネルギーの躍動を覚えて新しい詩境を得た。昭和改元の年の大正十五年四月には、長らく住んだ小田原をひきあげて上京、谷中天王寺墓畔に移り、翌昭和二年には馬込緑ケ丘の洋館に転居するなど、生活環境も変化した。年齢的にも、豊かな経験を身につけた壮年に達しているので、十三章百四十六編の『海豹と雲』は内容、表現ともに多彩な面をふくんでいる。

昭和十五年十月に、最後の詩集『新頌』が刊行されるが、「海道東征」や「紀元二千六百年頌」など、叙事的なものや、時局の影響の相当強いものなどがふくまれているし、収録の作品も比較的少ないので、『海豹と雲』を白秋の詩の到達点と見ることができる。彼が歩みきわめた山上にひらける景観が、この詩集の姿である。その代表的なものとして、詩章「古代新頌」の古典主義的傾向と、詩章「白き花鳥図」の新幽玄体詩風について簡単にふれてみよう。

水上

水上《みなかみ》は思ふべきかな。
　苔清水《こけしみづ》湧きしたたり、
　日の光透《す》きしたたり、
　橿《かし》、馬酔木《あしび》、枝さし蔽《おほ》ひ、
　鏡葉《かがみば》の湯津《ゆつ》真椿《まつばき》の真洞《まほら》なす
水上は思ふべきかな。

水上は思ふべきかな。
　山の気の神処《こころど》の澄み、
　岩が根の言問《ことと》ひ止み、
　かいかがむ荒素膚《あらすはだ》の
　荒魂《あらたま》の神魂《むす》び、神つどへる
水上は思ふべきかな。

（以下三連略）

古代新頌

この作品は、「古代新頌」の中の一編で、詩集の巻頭におかれている。昭和三年一月の作である。かつて三崎時代の『印度更紗《インドさらさ》』でも、多様な現象をその奥において統《す》べている本体（宇宙の根源的生命力）への関心が見られた。素朴なもの純粋なもの、そして生成へのエネルギーをはらむ根源的なものへの感動である。白秋詩史の第一期『邪宗門』時代は西洋的傾向が中心であったが、次の第二期『印度更紗』時代は東洋的・仏教的傾向へと転じている。それが第三期『水墨集』の平淡化を経て、『海豹と雲』では、日本的・古神道的なものに対する関心へと、移っている。『印度更紗』では、中世文学の『梁塵秘抄』が範とされたが、ここでは次のように、上代文学がとりあげられている。白秋は、この詩集の「後記」のなかで、

「わたくしはかの古事記、日本紀《ぎ》、風土記《ふどき》、祝詞《のりと》等を渺遠《べうえん》にして漠々たる風雲の上より呼び戻して、切に古代神の復活を言霊《ことだま》の力に祈り、これに近代の照明と整斉とを熱求しつつある」

と書いている。古代の神を呼ぶには古代語の表現が必要である。古代語を用いて、日本古神道の精神を近代詩の世界で再現しようとしたのが「古代新頌」の主眼である。なお、昭和十二年以降の戦時中に、時局に迎合するような国粋主義的古代信仰があったが、「水

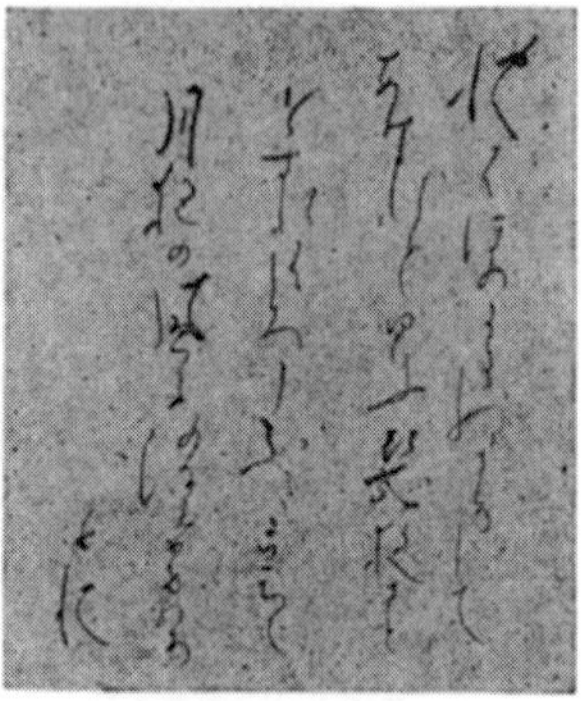

秋はほのかにねざめして
あはれと思ふ幾夜さぞ
とすればしろうふき立ちて
月夜の風も消えゆけり

白秋筆跡「月夜の風」
（『海豹と雲』所収）

上」は昭和三年の作であるから、時局の影響下に作られたものなどではない。白秋の場合は根源的なものへの思慕の純粋な発露なのである。

この根源的なるものの希求を川の源によって象徴しようとするのが「水上」である。空間的に源流へさかのぼることは、時間的にも古代へとさかのぼって、古語の表現をとる。第一連では、苔の間から清水が湧き出して、日の光に透きとおってしたたっている。そのあたりに橿や馬酔木《あしび》が枝を交え、光沢のある椿の葉も生い茂って、その下はこんもりと洞穴になっている。第二連では、山気は澄み、岩も沈黙し、その様子は素《す》膚《はだ》のたけだけしい神々がうずくまっているようである。以下鳥獣が自由にふるまい、水いよいよ清くしたたり、やがて青い水が泡だちたぎりほとばしり出る、古代的生命力の豊かさを描いている。「水上」は静と動の融合した力作であるが、この静の面をうたったものとして次のような作品がある。「岩が根に言問《ことと》はむ、／いにしへもかかりしやと。／苔水のしみいづる／かそけさ、このしたたり。」「神神に言問はむ、／いにしへもかかりしやと。／はればれとひびき合ふ／松かぜ、このさわさわ。」（「言問」）

このほか、白秋は例の北方旅行において、船上から函館の「たうたうと波騒ぐ汐首岬《しほくびさき》」（「汐首岬」）を望見して、古代アイヌの神の息吹《いぶ》きを感じ、大森馬込時代の作「鋼鉄風景」では、

神は在《あ》る、鉄塔の碍《がい》子《し》に在る。
神は在る、起重機の斜線に在る。

神は在る、鉄柱の頂点に在る。
神は在る、鉄橋の弧線に在る。（後略）

ということに、「神は在る〜に在る」という形をくり返して鋼鉄製の構築物の力強さをあらゆる角度から描いている。近代文明の資材としての〈鉄〉の有するエネルギーの中に、根源的な力すなわち神をみとめているのである。

白き花鳥図　『海豹と雲』のもう一つの代表的な傾向は、詩集の「後記」にも書いているように、「月光と花鳥と古俗との間に、密かに薫醸しようとした」「近代の幽玄体」詩風である。色彩的には詩章「白き花鳥図」の「白」に象徴される境地である。平淡な『水墨集』の色感に優艶な風情を加味したもの、『印度更紗』の魔的な白金の輝きの光沢を抑制したものである。洗練透徹した境地のなかに華麗さを秘めていて、外向的と沈静的、豊麗と枯淡、が止揚し総合された美の領域である。白秋詩境の究極と見ることができるであろう。

白　鷺

白鷺は、その一羽、

睡蓮の花を食《は》み、
水を食み、
かうかうとありくなり。

白鷺は貴くて、
身のほそり煙るなり、
冠毛《かむりけ》の払子《ほっす》曳く白、
へうとして、空にあるなり。

白鷺はまじろがず、
日をあさり、おのれ啼《な》くなり、
幽《かす》かなり、脚《あし》のひとつに
蓮の実を超えて立つなり。

時は夏、所は睡蓮の咲く涼しげな水辺。一羽の白鷺の清潔な気品を描く。いずれも「白鷺は……」と書き出す、三つの連の構成は、まず、白く輝いて水辺を歩き、次に空中を舞い、再び地上で、こんどは片脚をあげてじっとたたずんでいる。地上↓空中↓地上と視点を移動して、白鷺を中心に一つの空間をつくり出し、第一連の動に対して、第三連に静を配して、ぴしりと絵画的構図をきめている。鋭い啼き声も印象的である。韻律的には第一連と第二連で、「かうかうとありくなり」「へうとして空にあるなり」が対照的である。各連の末尾は「ありくなり・あるなり・立つなり」と「なり」をくり返し、他にも「身のほそり煙るなり」「日をあさり、おのれ啼くなり」など、「り」といふきっぱりした音調の語で脚韻をふむなど、リズムに細かい注意がはらわれている。第一連で白鷺と紅い花、第二連で白鷺と青い空という組み合わせが感じられるのも、色彩が織りなすリズムといえるであろう。

第三連で、「まじろがず」に「日をあさり」というのは、論理的にやや不明瞭であるが、おそらく、まばたきもせずただ一途《いちず》に太陽のような力強いもの・高貴なるものに思いをこらす、ということであろうか。蓮の実の上にいて、しかもそれを超越した境地で、凝然として思索する白鷺の姿は、白秋の自画像と見ることもできるであろう。ちなみに、空飛ぶ白鷺の幽けさについては、『白南風』のなかに「白鷺の月に見えつつ飛ぶ影は正眼《まさめ》ながらに霧しまき追ふ」の作がある。月光のもと、飛びゆく白鷺の跡に霧が巻いているという表現によって、さわやかな速度感を生み出している。また、夏の白鷺でなく、早春の青鷺をうたった作品が、「古代新頌」のなかにある。

早春　　香取神宮

槙のこずゑに、青鷺の
群れて巣をもつ幽《かそ》けさよ。
空のはるかを、日の暈《かさ》の
凝《こご》りかけつつ行き消えぬ。

冬から春にかけての幽かな気分がただようなかの絵画的構図である。槙のこずえに青鷺が群れていて、かなたに日の暈ができかけながら淡く消えてゆく。香取神宮の神域なので、一そう古代的風景としての感銘を深めているのであろう。

なお、『海豹と雲』における近代の幽玄体は、花鳥とともに、次のように〈月光〉をも題材としている。

夜の月映《つくばえ》に流るるは
すずしき秋の縹雲《はなだぐも》。
（月こそ神よ、
まどかにて。）

ひまらや杉の葉は繊《ほそ》く、
とすればそよぐそのこずゑ。
（月こそ神よ、
まどかにて。）
（「月光の谿」部分）

かつての『印度更紗』での太陽の讃歌は、ここでは月を対象とし、一方、『水墨集』の「月光微韻」をさらに深めて、月に神性をみとめている。これもまた、白秋の詩境の到達点と見ることができるであろう。

清涼な叙情

このようにして、白秋詩歌の第一の特色としての豊かな生命力は、さまざまの面に発揮されながら、最終において高い洗練の域に至った。これまで、彼の詩業について処女詩集『邪宗門』から始めて、時代を追って概観してきた。最初に引用した作品は『邪宗門』の「古酒」の章の「わかき日の夢」であった。玻璃のうつわの水の中に沈んでいる果実を題材とした作品である。いま、詩集『海豹と雲』のなかから、やはり玻璃器を題材とした作品を挙げてしめくくりとしよう。

水盤の夏

光は曲ぐる

薔薇の枝、
水には光る水の影。
夏は来れり、
薄玻璃に。
強く寂しくわれ居らむ。

これは詩章「風を祭る」のなかの一編である。「光は曲ぐる」は、ガラスの水盤の中でバラの枝が光の屈折によってやや大きく見える明るい感じで、「水には光る水の影」は、水盤の水にゆらめく初夏の光である。いかにもさわやかな夏の訪れを感じさせる。その季節感に即応して、自己をみつめる生活を守ってゆこうとする、清潔で透徹した決意を述べている。七五調四句の今様形態を、このように二連に表記して、まことに新鮮な印象を生み出している。玻璃と水とバラ、それらをつつむ光、いずれも白秋的な題材で、華美に過ぎることもなければ、閑寂をてらってもいない。その両面をそなえて、しかも自在な境地に安定している秀作というべきであろう。

白秋短歌の輪郭 ――『桐の花』と『雲母集』を中心に――

白秋文学の二つの柱

白秋の文学活動を構成する二つの大きな柱は詩と短歌である。これらは、白秋から生まれた文学上の双生児と見ることができる。白秋が文学の道を本格的に歩みはじめたころ、詩と短歌とはとくに密接に交流し合っていた。たとえば、パンの会時代の『東京景物詩』と『桐の花』、三崎時代の『白金之独楽』と『雲母集』との関係である。以下、『桐の花』と『雲母集』を中心に、白秋短歌の輪郭を跡づけてみたい。なお、作品の選定について、『桐の花』の「哀傷編」のように、先の「生涯編」ですでにふれた事項は、重複を避けて省略した。

処女歌集『桐の花』

処女歌集『桐の花』は大正二年一月初版で、「抒情歌集」と銘うち、著者自装、挿絵、カットも白秋である。明治四十二年から四十五年までの制作の集成で、「銀笛哀慕調」「初夏晩春」「薄明の時」「秋思五章」「春を待つ間」「白き露台」「哀傷編」の七章に歌数四百四十九首を収め、間に「桐の花とカステラ」「昼の思」その他の小品文を入れている。

春の鳥な鳴きそ鳴きそあかあかと外《と》の面《も》の草に日の入る夕《ゆふべ》

これは『桐の花』の巻頭「銀笛哀慕調」の第一首で、〈なんとなくうらがなしく、悩ましい春の夕刻に、戸外の草地にいま赤々と夕日が沈もうとしている。どこからともなく春の小鳥の声が聞こえてくる。小鳥よ鳴くな、鳴いてくれるな。わが胸はそうでなくてさえ、傷みやすいのに。〉という意味である。窓外の青い草と赤い夕陽の視覚的印象と、小鳥の声の聴覚的要素によって、「春愁」の情を描き出している。「春の鳥・な鳴きそ・鳴きそ」という小刻みなリズムには青春のふるえやすい神経の動きが反映しているようであり、「な鳴きそ」のくり返しも同じような心理を思わせる。そして第三句「あかあかと」という小休止を転回点として、四、五句のなだらかなリズムの後半へと接続している。「日の入る夕」と体言止めにしているのは、あとに続く語を推定させて余情を生むと同時に、この語に焦点をあてて強調する効果を考えている。「な鳴きそ」は、白秋好みの表現で、同じくパンの会時代の作品を集めた詩集『東京景物詩』の『春の鳥』では次のように用いている。

鳴きそな鳴きそ春の鳥、

『桐の花』の白秋筆扉絵

昇菊の紺と銀との肩ぎぬに。
鳴きそな鳴きそ春の鳥、
歌《うた》沢《ざは》の夏のあはれとなりぬべき
大川の金と青とのたそがれに。
鳴きそな鳴きそ春の鳥。
（明43・4）

禁止の形は「な……そ」の「……」に動詞を入れるのが正しいのであるから、冒頭の「鳴きそ」と「な」を省いているのは文法的には破格である。同じく「春の鳥」を題材としているが、この詩が下町情緒を中心としているのに対して、短歌の方は東京郊外の洋風住宅にいるような感じである。なお、短歌の場合に、鳥は室内の籠にいるのか、戸外で鳴いているのか、両様の説があるが、鳥の居場所や種類をとくにきめなくても、ともかくこの作の主眼は聞こえてくる鳥の声に青春の感傷をそそられている点にある。

この短歌は、明治四十一年七月、森鷗外主催の観潮楼歌会での作で、後に『スバル』にも載せている。歌集の巻頭に置いたのは、制作時の早い点もあるが、一方ではこの作品が当時の作風を代表するものと認めていたからであろう。

白秋は、「桐の花とカステラ」の中で、短歌の位置を詩と連関させて、「私の詩が色彩の強い印象派の油絵ならば私の歌はその裏面にかすかに動いてゐるテレビン油のしめりであらねばならぬ。その寂しい湿潤《うるほひ》が私のこころの小さい古宝玉の緑であり一絃琴の瀟洒《せうしや》な啜り泣である。」と書いている。彼にとって、詩は規模の大きい意欲的な表現形態であり、そのかげで目だたぬようにつつましく、自己の情緒を託すのが短歌であるという。このように、短歌を第一線に登場させてはいないが、この伝統的な短詩型に限りない愛着を覚えているし、実は、白秋の詩業の本領は、この短歌の面にあったとも考えられる。それは、ちょうど、『邪宗門』と『思ひ出』の関係において、前者の象徴詩風よりも、後者の抒情小曲風によりいっそう白秋芸術の真価が発揮されたのと同じ事情である。

小さい緑の古宝玉

廃れたる園に踏み入りたんぽぽの白きを踏めば春たけにける
いつしかに春の名残となりにけり昆布干場のたんぽぽの花

「廃れたる」の歌は、「夏」と題し、「郷里柳河に帰りてうたへる歌」と詞書がついている。〈荒れはてた、わが家の庭に踏み入ってみると、春の雑草が青々と生え、花を落としたたんぽぽが白い綿毛をつけている。靴にふれて散る綿毛をみると、逝く春ということをしみじみと感じる〉という意味で、故郷の廃家、そして過ぎ行く春という点に感傷を覚えている。

滅びゆくものの美

このように滅びゆくもの、過ぎゆくもの、に対する感傷は当時の白秋の美意識の大きな部分を占めている。それはまた、新ローマン主義とか耽美派とかよばれる「パンの会」の特色の一つでもある。およそ、ローマン主義には、非現実的なものへの憧憬、という傾向がある。時間的にいえば現在でなく過去もしくは未来に心をひかれ、空間的にも、現に住む場所とは異なり、故郷や未知の異郷が関心の対象となる。そして、下降的で異常を好む、新ローマン主義においては、一般にローマン主義が未来や未知の世界を夢みるのに対して、思い出を求め、郷愁にひたろうとする。この点で、「廃れたる園に」の歌は、〈郷里、廃園、盛を過ぎたたんぽぽ、逝く春〉などすべてうしろ向きの滅びゆくものの美を形成する題材である。たんぽぽの冠毛の白、雑草の緑、そして晩春の空の青さも感じられる。こうした、鮮かな色彩も印象を強めている。

「いつしかに」の歌は「一九一〇暮春三崎の海辺にて」と詞書がある。一九一〇年は明治四十三年である。〈昆布を干してある砂浜を歩いていると、ふとたんぽぽの黄色い花を見つけた。ああもういつかことしの春も過ぎ去ろうとしている。このたんぽぽはただ一つ春の形見のように咲き残っている〉という意味で、これもたんぽぽを題材とした惜春の情が中心であり、声調も三句切れの体言止めという新古今風の端麗な余情表現となっている。ともかく、晩春初夏という時期は、二つの季節感が交錯して複雑な情緒をつくり出す。「いやはてに鬱金ざくらのかなしみのちりそめぬれば五月《さつき》はきたる」も季節の移行についての感懐である。なお宮沢賢治の「たんぽぽを／見つめてあれば涙わく／額《ぬか》重きまま／五月は去りぬ」（大3）には用語や題材の点で、『桐の花』の影響がみとめられる。賢治にとって大正三年は、中学を卒業し父から進学を許してもらえず、重い心を抱いて過ごしていた時期で『桐の花』刊行の次の年である。

感傷ということ

白秋が、過去のものに愛着し、郷愁を覚える傾向は、文学形態として、遠い過去から親しまれてきた短歌に親しみを感じることに結びついている。このことを彼は「桐の花とカステラ」の中で次のように書いている。

「短歌は一箇の小さい緑の古宝玉である、古い悲哀時代のセンチメントの精《エツキス》である。古いけれども棄てがたい、その完成した美くしい形は東洋人の二千年来の悲哀のさまざまな追憶《おもひで》に依てたとへがたない悲しい光沢をつけられてゐる。」

「私は無論この古宝玉の優しい触感を愛してゐる。而已《しかのみ》ならず近代の新しいそして繊細な五官の汗と静《しづ》こころなき青年の濃《こまや》かな気息に依て染々《しみじみ》とした特殊の光沢を付加へたいのである。」

このように、白秋によって開拓された『桐の花』の新風は、古い伝統的形式のなかに新しい感覚を投入し、西洋的詩精神を盛ろうとしたのである。ともかく、『桐の花』の主調はみずみずしい感傷主義《センチメンタリズム》である。感傷ということは、新しい精神の領域を開拓したり、人々を鼓舞激励したりすることはない。しかし、鋭敏で傷つきやすい魂は、時と所を越えて、あらゆる若い人々の所有である。したがって感傷が純粋であるかぎり、すべての青年の、また青春の思いをいとおしむ人々の、共感を呼びさますのである。

『桐の花』を貫く、青春の甘い愁《うれ》いや、洗練された都会趣味は、巻末の「哀傷篇」に至って一変する。それまでの、どこか装飾的で人工的に感じられる傾向は、ここでは、俊子との苦しい恋愛体験によって、切実で迫力ある作風になっている。この恋愛事件のため、詩集『思ひ出』で得た詩人としての栄光は地に堕《お》ち、「パンの会」の青春の謳歌も声をひそめた。『桐の花』の巻末につけた「集のをはりに」という文章では、「傷つきたる心の旅びと」としての嘆きが切々と述べられている。また、巻頭には、

「わがこの哀れなる抒情歌集を誰にかは献げむ／はらからよわが友よ忘れえぬ人びとよ／凡てこれわかき日のいとほしき夢のきれはし」

と記している。このように、『桐の花』の作品は「わかき日のいとほしき夢のきれはし」の集積で、それを整理することによって青春時代に一おうの整理をつけようとしたのである。「哀傷篇」を軸として、白秋の制作史も生活史も大きく転回するのである。

三崎の歌
『雲母集』

『桐の花』の跋文「集のをはりに」では「一九一二、初冬」と日付を入れている。これは、明治四十五年（大正元年）で、この七月に俊子の夫から訴えられて未決囚となったのである。八月に無罪免訴になったが、「初冬」のころは、心の傷のため、死場所を求めて流離の旅に出ている。翌大正二年一月、海路三崎に渡ってしばらく滞在、同月『桐の花』が出版された。時に白秋は数え年二十九歳で、年齢的にも青春の域を脱する時期である。五月、一家をあげて三崎へ移住、この時は、再会して結婚

していた俊子もいっしょであった。ここから、新しい生活が始まり、新たな歌境が展開するのである。

煌《くわう》々と光りて動く山ひとつ押し傾《かたぶ》けて来《く》る力はも　（力）

大きなる手があらはれて昼深し上から卵をつかみけるかも　（卵）

『雲母集』扉

「煌々と」の歌は、『雲母集』巻頭に「新生」の章の第一首としてのっている。「力」と題しているとおり、光り輝く山のすばらしい迫力をうたっている。それは、さらにつきつめれば、万象の奥にあって万象を動かしている、宇宙の根源的生命力とでもいうべき偉大なる力のはたらきについての感動である。『雲母集』一巻の主眼は、この宇宙根源力についての宗教的感動を描き出すことであった、ということができる。『白秋全集第五巻』の「後記」では次のように書いている。

「わたくしの生活もまた更新した。輝く日光と新鮮な空気をまた思ふさまに吸った。『桐の花』の最後に来た「哀傷篇」が心身上の重大な一転機をわたくしに与へ、明朗な南方の海景がわたくしにまた魂の自由と更生の呼吸とを与へた。

力と耀き。少くともわたくしは此の力と耀きとを目ざして跳ね躍った。」

「大きなる」の歌は、やはり「新生」の章の「卵」と題する三首のうちの一つで、他の歌によると、これは巣の中にいっぱいつまった、七面鳥の卵である。〈あたりになにか原初的な力の気配がただよう、しいんとした昼さがりに、大きな手があらわれて、上からむずと卵をつかみとったことだ〉という意味で、生命力に満ちた表現である。「大きなる手」は、作者が卵を見ているところへ、脇からだれかが手を伸ばしたとしても、作者自身の手と解してもよかろう。ともかく光に満ちた田園の昼下りの時刻に宇宙全体を動かしているような神秘的な力の存在を直観し、その生命力のたくましさを、「卵」をつかむ動作に移して表現したのである。なお、土井晩翠の『暁鐘』（明34）のなかの「月しづみ星かくれ／嵐もだし雲眠るまよなか／見あぐる高き空の上に／おほいなる手の影あり。」（「おほいなる手の影」）の「手」も宇宙根源力の象徴であろう。

生命の讃歌

大鴉一羽渚《なぎさ》に黙《もだ》ふかしうしろにうごく漣《さざなみ》の列
大鴉一羽地に下り昼深しそれを眺めてまた一羽来し
昼渚《なぎさ》人し見えねば大鴉はったりと雌を圧《おさ》へぬるかも
寂光《じゃくくわう》の浜に群れゐる大鴉それの真上にまた一羽来し
一羽飛び二羽飛び三羽飛び四羽五羽飛び大鴉いちどに飛びにけるかも

「大鴉」と題した七首からの抜粋であるが、ここにも、鴉の生態が躍動的に描かれている。最初の歌は、大鴉の〈静〉と、その背景として絶えず小刻みにひたひたと寄せてくるさざなみの〈動〉との対照が印象的である。雌にいどむ姿も、あるがままの野生的な生命力の謳歌である。「かき抱《いだ》けば本望安堵の笑ひごゑ立てて目つぶるわが妻なれば」（「崖の上の歓語」）も、かつて、罪におののき、人目をしのんだ都会でのあいびきではなくて、大自然の中での解放された官能のかがやきである。

　魔訶不思議《まかふしぎ》思ひもかけぬわが知らぬ大きなるキャベツわが前に居る
　しんしんと湧きあがる力新しきキャベツを内から弾《はぢ》き飛ばせり

野菜畑での所見で、黒い大地に玉のようなキャベツを成長させ、大きな葉を開かせている力に感動している。これも万象を発生させ支配している、宇宙の本体の広大なエネルギーの発動を実感して、宗教的な賛嘆を覚えているのである。「しんしんと」という心に深くしみ入る感じの表現には、他に次のような用例があるし、斎藤茂吉の『赤光』（大2刊）の中の著名な「おひろ」や「死に給ふ母」の作品中にも見受けられる。なお、白秋と茂吉は、観潮楼歌会以来面識があり、大正十一年一月には両者、互選歌集を編んで刊行している。

　しんしんと寂しき心起りたり山にゆかめとわれ山に来ぬ（『雲母集』）

しんしんと淵に童が声すなれ瞰下《みおろ》せば何もなかりけるかも（同右）
しんしんと雪降りし夜にその指のあな冷《つめ》たよと言ひて寄りしか（『赤光』）
死に近き母に添寝のしんしんと遠《とほ》田のかはづ天に聞ゆる（同右）

真昼の輝く陽光のもとに展開される三崎の溌剌とした叙景は、かつて都会の風物のなかに異国憧憬的な甘い情緒をたのしんだ近代詩風の感触はない。もっと原初的野性的な力強さにみちている。それは、白昼のみでなく、ともすれば感傷的になる夕刻においてもやはり同様である。

夕と夜の叙景

炎々と入日目の前の大きなる静かなる帆に燃えつきにけり
城ケ島の燈明台にぶん廻す落日《いりひ》避雷針に貫《ぬ》かれけるかも

「炎々と」の歌は、〈あかあかと輝いている太陽が、目の前にある大きな舟の、風もなく動かずにいる大きな帆と接して見える。その強い光はまるで帆に燃えうつっているようである〉ということで、「帆」の修飾語として「大きなる」「静かなる」を重ねて強調している。ゴッホの色彩を思わせる絵画的な場面である。

「城ケ島」の歌は、〈城ケ島の燈台の上を通過していま太陽が沈もうとしている。刻々に沈んでゆく太陽は燈台の避雷針の上に落ちかかって、それにさし貫かれたように見える〉の意で、「ぶん廻す」という他動詞の用法が明瞭さを欠くが、穹窿《きゆうりゆう》を移動して西に沈もうとする太陽を、「ぶん廻す」という俗語で力強く表現している。この作と同じく、「城ケ島の落日」と小題のついている短歌に「城ケ島さつとひろげし投網《なげあみ》のなかに大日くるめきにけり」というのがある。これはまた、葛飾北斎的な構図である。

夜の叙景についても次のように感傷の域を脱して、雄大な宇宙意識や汎神論的感動が中心となっている。

天の河棕櫚《しゆろ》と棕櫚との間より幽かに白し闌《ふ》けにけるかも
耳澄ませば、闇の夜天《やてん》をしろしめす図《はか》り知られぬものの声すも
あなかしこ棕櫚と棕櫚との間より閻浮檀金《えんぶだごん》の月いでにけり

これらは「深夜抄」のうちの「二本の棕櫚」の連作から採った。ここでは『東京景物詩』の「物理学校裏」の場合のような、「蒸し暑い六月の空に／暮れのこる棕櫚の花の悩ましさ」についての官能の交錯は見られない。二本の棕櫚の間にのぞまれる、銀河の悠久な姿に感動し、「闇の夜天をしろしめす」、〈人間以上の偉大なる力〉の語りかけることばを心の耳で聴いている。そしてこのように、宇宙を統一支配する広大な力の存在を信ずる宗教的感情からは、この力の現われた現象を神と見る汎神論的傾向が生まれてくる。それが「あなかしこ」の歌である。「閻浮檀金」は仏説にある須弥山《しゆみせん》南方の洲の大森林を流れる河の砂金のことで、月に神秘的な力を認めているのである。なお、「図り知られぬものの声」は、先にふれた、晩翠の「お

ほいなる手の影」の詩境とも連関するであろう。

網の目に閻浮《えんぶ》檀金《だごん》の仏ゐて光かがやく秋の夕ぐれ
樹はまさしく千手観音菩薩なり西金色《こんじき》の秋の夕ぐれ
かくなれば金柑《きんかん》の木も仏なり忝《かたじ》けなやな実が照りこぼるる

これらはいずれも汎神論的自然観をモチーフとする作品で、夕陽に光る網の目の輝きも、西方の空の金色の夕焼に映し出される樹木も、いずれも宇宙の本体の力、仏の力の現われであり、さらには、本体そのもの、仏それ自身なのである。「照りこぼるる」というのは、仏の力の無尽蔵の豊かさを示すものであろう。後の二首は「法悦三品」の章のなかにあり、同じ章に「ここに来て梁塵秘抄を読むときは金色光のさす心地する」と歌っているように、『梁塵秘抄』の法文歌などの影響を強く受けていることが知られる。三崎に移ったのは大正二年で、その前の年に、佐佐木信綱校訂の『梁塵秘抄』が刊行されているので、それを愛読したのであろう。

児童の純粋性

何事の物のあはれを感ずらむ大海の前に泣く童あり
この泣くは仏の童子泣くたびにあたまの髪がよく光るかも

宇宙根源力すなわち仏の力は、どこにでも、何にでも現われるが、もっとも素朴なもの、もっとも純粋なものの中にその直接的な顕現が直観される。したがって、先に『白金之独楽』の箇所で触れたように、複雑な人事現象よりも、自然現象の方に、この力の現われを感得しやすいのである。しかし人事現象についても、児童のように作為のないありのままの言動の中には、仏性のひらめきを見ることができる。そのためか『雲母集』では児童をうたった作品や、児童的発想すなわち童謡風の作品が注目される。左に抄出しておこう。

石崖にこども七人腰かけて河豚《ふぐ》を釣り居り夕焼小焼
夕焼小焼大風車《おほかざぐるま》の上をゆく雁《がん》が一列鴉《からす》が三羽
日ざかりは短艇《ボート》うごかず水ゆかず潟はつぶつぶ空は燦々《きらきら》
一心に遊ぶ子どもの声すなり赤きとまやの秋の夕ぐれ
円《つぶ》ら眼の童子かまどの前に居りあなひもじさよ焰の躍《をど》り

「潟はつぶつぶ……」には『古事記』の表現がヒントになっているのであろう。大国主命が野原で焼き殺されそうになるとき、鼠《ねずみ》が「内はほらほら、外はすぶすぶ」（内部はうつろで外部はすぼんでいる）と教えて救うのであるが、このことばのリズムのおもしろさを借りたのだと思われる。また、「一心に」の歌には、『梁塵秘抄』の「遊びをせんとや生れけん　戯れせんとや生れけん　遊ぶ子供の声聞けば　我が身さへこそゆるがるれ」という、無邪気な子どもに対する感動を歌った作品が意識されているようである。

第三歌集『雀の卵』

第三歌集『雀の卵』（大10・8）は、主として、大正三年から六年頃までの作品を収め、「輪廻三抄」「葛飾閑吟集」「雀の卵」の三部から成る。このうち、小笠原時代から麻布時代にかけての「輪廻三抄」は先の「生涯編」でふれておいた。

鞠《まり》もちて遊ぶ子供を鞠もたぬ子供見恍《ほ》るる山ざくら花

これは、麻布時代の「雀の卵」の作品で、母と芝の増上寺へ花見に行った時の、「春日遊楽」と題する連作中の一首である。右の歌のすぐ前には「春はいかにうれしかるらむ子供らが桜の下に鞠投げてあそぶ」という作品がある。「鞠もちて」の歌は、〈春の日の寺の境内に山ざくらが今を盛りと咲いている。その下で鞠投げをして子供が遊んでいるが、ふと見ると、そのそばの桜の木によりかかって鞠投げの子供をうっとりと眺めている子供がいる〉という意味である。鞠をもって遊ぶ子と、鞠を持たぬ子とを対照的に配置し、それらを結句の「山ざくら」で大きくまとめている。ここで「鞠をもたぬ子」は、あわれな感じで扱っているのではないと思う。少くとも、うらやみ、ひがんで見ているのではない。鞠で活発に運動することはできないほどの幼い童女で、年上の子供らが遊んでいるのをおっとりと眺めているのでもあろうか。

紫蘭咲いていささか紅き石の隈《くま》目に見えて涼し夏さりにけり
香ばしく寂しき夏やせかせかと早や山里は麦扱《こ》きの音
夏浅み朝草刈りの童《わらべ》らが素足にからむ犬胡麻の花
菅《すが》畳今朝さやさやし風に吹かれ跳び跳び軽ろき青蛙一つ
日の盛り細くするどき萱の秀に蜻蛉とまらむとして翅《はね》かがやかす

右はいずれも「葛飾閑吟集」のうちで、夏を扱った作品である。葛飾の地へ移った生活環境の変化が清新な叙情を生んでいる。「紫蘭咲いて」は、〈紫蘭が咲いたので、まわりの庭石もほのかに明るんだようで、それがいかにも涼しい感じである。ああ、夏がきたのだなあ〉ということで、「目に見えて涼し」のきっぱりとした四句切れと、結句の「夏さりにけり」というゆったりとした詠嘆とがよく調和している。

「香ばしく」の歌は、初夏、麦秋の季節感がきわめて印象的にうたわれている。麦扱きの音、麦から出る塵で煙ったようになっている空気の感触、そして、あたりに漂う香ばしい麦のにおい、これらはいずれも季節の移り変わりの時に覚える淡い愁《うれ》いを誘い出す。これは『桐の花』の抒情性を田園に生かしたものといえる。『雲母集』の狂熱を経て深化した歌境である。

「夏浅み」の歌は、おそらく、小岩へ移ってからの作で、紫煙草舎の窓からの所見であろう。夏もまだ浅い頃の朝、川の土手で草を刈っている少年たち。その素足に犬胡麻の花がからみついている。これも明るい感じの初夏の風物詩である。

「萱畳」の歌は、萱畳の嗅覚や触覚の点で、まさに「すがすがし」である。「風に吹かれ」「跳び跳び軽き」が躍動的なさわやかさを示している。次に「日の盛り」の歌であるが、夏の強い太陽のもとの白昼の感じをこれほど切実に表現した作品は他に多くはないであろう。下から延びる、細くするどい萱、斜め上空からそれにとまろうとして、キラキラと翅をかがやかしている蜻蛉《とんぼ》。しんとした夏の日盛りの暑熱感・静寂感の本質を象徴し得ている。方法は写生であってしかも単なる外形の描写ではない。『雲母集』の情熱を失わず、しかもそれが上すべりでなく深く沈潜して光っている。『雀の卵』の序文の中で、真の芸術の絶対境は写生から出てもっと深化された象徴の域にはいって完成される旨を述べているが、「葛飾閑吟集」のうち次の二首などは象徴的短歌の代表的作品とされている。

薄野《すすきの》に白くかぼそく立つ煙あはれなれども消すよしもなし

昼ながら幽かに光る螢一つ孟宗の藪《やぶ》を出でて消えたり

「薄野に」の歌は、〈広く果てしない薄野のひとところに一すじの白い煙がほそぼそと立っている。さびしいその煙はほそぼそとして消えそうであるが消えない。消そうとしても消すてだてもない。〉という意味で、作者の胸中にくゆり続ける芸術への思慕の情の象徴であろう。「昼ながら」の歌は、〈昼なお暗い孟宗の藪《やぶ》にかすかに螢が一つぽっと光ったが、藪を出たと思うと、もう日光の輝きに消されてしまった〉という意味で、生命の明滅、生の寂しさの象徴であろう。

「風隠集」と『海阪』

『雀の卵』刊行以後の小田原時代の短歌は、生前単行歌集とならなかったが、白秋の没後、木俣修氏が『風隠集』と『海阪《うなざか》』とに編集して刊行した。いずれも大正十二年から十四年ころまでの作品で、前者は日常詠、後者は旅の歌を中心としている。

走る汽車クレオンで描けといふ子ゆゑ我は描き居り火をたくところ（『風隠集』）

碓氷嶺《うすひね》の南おもてとなりにけりくだりつゝ思ふ春のふかきを（『海阪』）

「走る汽車」の歌は大正十四年の作。この歌集にはわが子を歌った作品が多い。この年、長男隆太郎は数え年四歳である。「碓氷嶺」の歌は、大正十二年四月、妻子を伴って、信州大屋の農民美術研究所の開所式に出席した帰途、碓氷峠を越えた時の歌である。〈碓氷峠を越えて南側に出てもう下り路となった。先ほどとくらべて、上州側はもうこんなに春が深くなっている。〉という意味で、第二、三句の「南おもてとなりにけり」に、峠を越えてほっとしたような感じがよく出ている。

『白南風』と『夢殿』

大正十五年（昭和元年）に住みなれた小田原を去って上京して、以後昭和八年に至る間の周辺の生活や自然を歌った作品を集めたのが『白南風』（昭9・4刊）で、だいたい同じ時期の旅の歌を集めたのが、『夢殿』（昭14・11刊）である。

脛《すね》立ててこほろぎあゆむ畳には砂糖のこなも灯《ひ》に光り沁む（『白南風』）
白南風《しらはえ》の光葉《てりは》の野薔薇《ばら》過ぎにけりかはづのこゑも田にしめりつつ（同右）
枯野行く幌馬車《マアチヤ》の軋《きし》みきこえゐて春浅きかなや砂塵《さぢん》あがれり（『夢殿』）

「脛立てて」の歌は、〈秋の夜、こおろぎが脚をたてて畳の上を歩いている。そこには、こぼれた砂糖が電燈の光を吸いこんできらきらとしている〉という意味で、夕食後でもあろうか、明るい秋の宵の感触がきわめて的確に表現されている。次の歌の「白南風」とは、つゆの晴れるころに吹く南風である。これに対して、つゆのうちに吹くのは黒南風という。これは、この風が吹いて天が暗くなるからである。これに反して白南風には、つゆ明けの明るい空が感じられる。「光葉」は、この場合単に光を受けているだけでなく、風に揺られて輝くのである。その風にのって、青田からはかえるの声が聞こえてくる。風と光と声としめり、という視覚・聴覚・皮膚感覚など官能的要素を交錯させて、うっとうしい梅雨期を過ぎて輝しい夏の訪れを迎える季節感がきわめて印象的にとらえられている。

「枯野行く」の歌は、昭和四年三月満鉄の招きで四十日余り満蒙を旅行した時の作品である。「幌馬車」と書いているが「馬車《マーチョ》」のことであろう。「遼東春寒」の章の「熊《ゆう》岳城」付近の所見である。春先の満州を知っている者にはあの地の風土性が切実な感じで伝わってくる。

『溪流唱』と『橡』

昭和九年から同十二年までの旅の歌を収めたのが『溪流唱』で、ほとんど同じ時期の昭和十年から同十二年までの日常詠を集めたのが『橡《つるばみ》』である。両集とも、白秋の没後昭和十八年に刊行された。

行く水の目にとどまらぬ青水沫《あをみなわ》鶺鴒《せきれい》の尾は触れにたりけり（『溪流唱』）
物の葉やあそぶ蜆蝶《しじみ》はすずしくてみなあはれなり風に逸《そ》れゆく（『橡』）

「行く水の」歌は、昭和十年一月、伊豆湯ケ島温泉に滞在していた時の作である。この歌について白秋は「『行く水の目にとどまらぬ青水沫』といふのは、やはり無常の相であります。流れるものの常なき哀れさであります。その無常の相にホンの一瞬飛んで来て鶺鴒の尾が触れたのであります。この無常の中に一つの大事なものと触れ合ひます。生きた、実にピリピリしたものが、この中に大事な結縁《けちえん》をなして居るのではないかと思ふのであります。だから、これはやはり写生であるけれども、普通の写生ではありませぬ。この鶺鴒はやはり取りも直さず我々の姿であり、又我々の魂であります。だからかういふ所にやはり象徴詩のゆき方といふものを追うて欲しいものだと思ふのであります。」（昭15・8「講演」速記。『短歌の書』所収）

と語っている。また、「この『溪流唱』の一聯こそ、のちの多磨歌風の先声を成すものであった。私としては意義ある記念作であった。その年の六月、私は愈々一門の歌誌『多磨』を創することになった。」（河出書房刊『白秋詩歌集』第四巻「後記」）としるしているように昭和十年の多磨短歌会創立の機縁となっている。「物の葉や」の歌は、〈池のほとりに生《は》えているいろいろな草の葉の回りを涼しそうにシジミ蝶が飛びまわっている。それが草の葉にとまりそうになるとほんの少しのところで風に流されてそれていってしまう〉という意味で、立秋のころのしみじみとした季節感がこめられている。

『黒檜』と『牡丹の木』

白秋は、昭和十二年から目を患《わずら》って視力に異常を覚えるようになる。この年から昭和十五年までの作品を集めて『黒檜』が成った。白秋生前最後の歌集である。眼疾は白秋のような外向型の歌人にとってとくに大きな苦痛であったにちがいない。しかし彼は薄明のうちに、もう一つ奥にある詩境を開いたのである。

照る月の冷えさだかなるあかり戸に眼は凝らしつつ盲ひてゆくなり
眼を病めば起居《たちゐ》をぐらし冬合歓《ふゆねむ》の日ざしあたれる片枝《かたえ》のみ見ゆ

「照る月の」の歌は神田駿河台の杏雲堂病院に入院中の昭和十二年歳末の作である。〈病室のガラス戸には月が照っている。その光ははっきりと今夜の冷たさを示している。私はこの冷え冷えとしたガラス戸を、よく見えぬ眼でみつめているうちに次第に盲人になってゆくのだ〉という意味で、表面的には静かな感じの歌であるが、身体的故障を知ったいいようのない寂しさと、それを客観視しようとする気持ちとのはげしい葛藤が底流している。

「眼を病めば」の歌は〈眼を病んでいるので、立ったり坐ったりが不自由であたりは薄暗く見える。庭の合歓の木にも、冬の太陽が照っているが、その陽の当たっている片枝が見えるだけである〉という意味で、対象をきびしく観察し続けてきた歌人にとっていかにはがゆい思いをしたかと痛《いた》々しい。

昭和十五年以降、没年に至る間も白秋は歌作をやめなかった。この間の作品は白秋の没後木俣修氏が編集し、『牡丹《ぼたん》の木《ぼく》』（昭18・4）として刊行された。曽遊の地の追憶や闘病の状況などを題材として、詩魂を燃やし続けている。緑の古宝玉になぞらえる短歌は、白秋の終生愛着するところであった。「秋の蚊の耳もとちかくつぶやくにまたとりいでて蟵《かや》を吊《つ》らしむ」という、最終の吟詠は九月の作で、仰臥のままノートに鉛筆で書きつけたという。平淡のようではあるが、彼が従来好んで題材とした季節感がうたわれているし、「蟵を吊らしむ」という表現には、家長としてのおおらかさと側近の看護に満足している安らぎとが感じられる。すらりとした表現のなかに、彼が究極において到達した透明な境地がうかがわれると思う。

年譜

一八八五年(明治十八年) **一歳** 一月二十五日（戸籍上は二月二十五日)、福岡県山門《やまと》郡沖端《おきのはた》村(現在、柳川市）の酒造業北原長太郎の長男として生まれる。本名、隆吉。北原家は代々、油屋・古問屋《ふつどいや》の屋号で九州に知られた海産物問屋。父の代には酒造を本業とした。祖父嘉左衛門は明治六年に作新小学校を設立。母しけは熊本県玉名郡関外目《ほかめ》村（現在、南関《なんかん》町）の郷士石井業隆《なりたか》の次女。異母兄豊太郎（白秋出生以前に夭折《ようせつ》)、異母姉かよ、弟妹に鉄雄、ちか、いゑ、義雄がいる。

＊長田秀雄、木下杢太郎、若山牧水、生まる。

一八九一年(明治二十四年) **七歳** 四月、矢留《やどみ》尋常小学校に入学。柳河高等小学校を経て、明治三十年、県立中学伝習館に入学。

一九〇一年(明治三十四年) **十七歳** 大火に類焼、数年後の倒産の原因となる。友人と回覧雑誌を出し、筆名を白秋と決定。

＊島崎藤村『落梅集』、与謝野晶子『みだれ髪』。

一九〇二年(明治三十五年) **十八歳** 十月、投稿短歌一首が『文庫』に掲載され、以後、選者服部躬治《はっとりもとはる》に認められる。

一九〇三年(明治三十六年) **十九歳** 校内で新聞『硯香《けんこう》』を発行。十二月、『文庫』歌壇から詩壇に移り、選者の河井酔茗に認められる。

＊森鷗外『即興詩人』。

一九〇四年(明治三十七年) **二十歳** 中学卒業間際に退学して上京、早稲田大学英文科予科に入学。同級に若山牧水、土岐善麿がいた。当時、号を「射水」とした。四月、『文庫』に長詩「林下の黙想」を発表。

＊日露開戦。

一九〇五年(明治三十八年) **二十一歳** 一月、長詩「全都覚醒の賦」が『早稲田学報』の懸賞の第一位となり、後に『文庫』にも転載。この頃「薄愁」の号を用いた。

＊薄田泣菫『二十五絃』。蒲原有明『春鳥集』。上田敏『海潮音』。日露戦争終結。

一九〇六年(明治三十九年) **二十二歳** 与謝野寛の招きで新詩社に移り、五月、『明星』に抒情小曲十編（のち

『思ひ出』所収）を発表して注目される。号を「白秋」にもどす。十月、寛、吉井勇、茅野蕭々らと南紀州を旅行。

一九〇七年（明治四十年）**二十三歳** 七月、寛、勇、木下杢太郎、平野万里を柳河に招き、次いで天草、島原など北九州を巡歴。この旅行の体験から、杢太郎と南蛮文学を始める。

＊観潮楼歌会発足。

一九〇八年（明治四十一年）**二十四歳** 一月、新詩社脱退。十一月、『明星』は百号記念号を出して終刊。十二月、杢太郎、勇、山本鼎、石井柏亭らと「パンの会」を起こす。

＊『アララギ』創刊。

一九〇九年（明治四十二年）**二十五歳** 一月、『スバル』創刊、主要な同人となる。三月、処女詩集『邪宗門』出版。十月、杢太郎、長田秀雄らと三人で『屋上庭園』創刊。十二月、実家破産し一時帰郷。

＊三木露風『廃園』。

一九一〇年（明治四十三年）**二十六歳** 二月、「おかる勘平」のため『屋上庭園』第二号が発禁となり、廃刊。「パンの会」隆盛。

＊吉井勇『酒ほがひ』。石川啄木『一握の砂』。『創作』『白樺』創刊。

一九一一年（明治四十四年）**二十七歳** 六月、『思ひ出』刊。九月、出版記念会の席上で上田敏に激賞される。十月、『文章世界』の明治十大文豪投票で、詩人の部第一位。十一月、『朱欒《ザンボア》』を創刊。

一九一二年（明治四十五年・大正元年）**二十八歳** 新聞記者の妻松下俊子と恋愛、夫から訴えられ、未決囚となる。八月、無罪免訴となる。

＊佐佐木信綱校訂『梁塵秘抄』。石川啄木、死。

一九一三年（大正二年）**二十九歳** 一月、処女歌集『桐の花』刊。四月、俊子と結婚。五月、一家の再興を期して三浦三崎に移り、父と弟は魚類仲買業を営んだが失敗し、秋、一家帰京。七月、詩集『東京景物詩及其他』刊。俊子と三崎に残って見桃寺に寄寓。十一月、巡礼詩社を起こす。

＊斎藤茂吉『赤光』。

一九一四年（大正三年）**三十歳** 二月、小笠原父島に渡り七月帰京。貧窮の末に俊子を離別。九月、詩集『真珠抄』、十二月、詩集『白金之独楽《コマ》』刊。

＊高村光太郎『道程』。第一次世界大戦勃発。

一九一五年(大正四年)　**三十一歳**　四月、弟、鉄雄と阿蘭陀書房を設立し『ARS』を創刊。八月、歌集『雲母集』刊。
＊山村暮鳥『聖三稜玻瑠』。

一九一六年(大正五年)　**三十二歳**　五月、江口章《あや》子と結婚、千葉県真間に住み、七月、江戸川べりの小岩に移って葛飾での生活を続ける。この年『東京景物詩』を『雪と花火』と改題増補して刊行。
＊上田敏、夏目漱石、死。

一九一七年(大正六年)　**三十三歳**　葛飾から東京へもどる。鉄雄、出版社アルスを創立。妹いゑ、山本鼎と結婚。
＊萩原朔太郎『月に吠える』。

一九一八年(大正七年)　**三十四歳**　二月、小田原へ転居し、十字お花畑から天神山伝肇《でんじょう》寺に移る。七月、『赤い鳥』が創刊され、童謡、児童自由詩の面を担当。以後数年、詩・歌よりも童謡・歌謡の制作が多い。
＊室生犀星『抒情小曲集』。第一次世界大戦終結。

一九一九年(大正八年)　**三十五歳**　夏、「木兎《みみずく》の家」を建てる。十月、最初の童謡集『とんぼの眼玉』を出版。
＊西条八十『砂金』。木下杢太郎『食後の唄』。

一九二〇年(大正九年)　**三十六歳**　二月、随筆集『雀の生活』刊。六月、章子と離婚。

一九二一年(大正十年)　**三十七歳**　四月、佐藤キクと結婚。家庭生活の安定を得て、歌作も多くなる。八月、歌集『雀の卵』刊。この年、童謡集『兎の電報』『まざあぐうす』刊。
＊西条八十『鸚鵡と時計』。野口雨情『十五夜お月さん』。

一九二二年(大正十一年)　**三十八歳**　三月、長男隆太郎出生、はじめて父となる。四月、民謡集『日本の笛』刊。九月、山田耕筰と『詩と音楽』を創刊。
＊森鷗外、死。

一九二三年(大正十二年)　**三十九歳**　三月、前田夕暮と三崎に遊ぶ。この年は、武州御嶽《みたけ》、信州大屋の農民美術研究所、千葉県印旛《いんば》沼、塩原温泉など、旅行の機会が多かった。六月、詩集『水墨集』を出版。
＊萩原朔太郎『青猫』。関東大震災。

一九二四年(大正十三年)　**四十歳**　超流派的歌誌『日光』創刊の中心となる。
＊宮沢賢治『春と修羅』。

一九二五年(大正十四年)　**四十一歳**　六月、長女篁子出生。八月、吉植庄亮と樺太・北海道旅行。

＊釈迢空『海やまのあひだ』。ラジオ放送開始。

一九二六年（大正十五年・昭和元年）　**四十二歳**　四月、九年間住んだ小田原から、東京谷中天王寺墓畔へ移る。十一月、詩誌『近代風景』創刊。この年、童謡集に『二重虹』『からたちの花』『象の子』。

＊口語歌、自由律短歌についての議論おこる。

一九二七年（昭和二年）　**四十三歳**　三月、大森馬込緑ケ丘に転居、詩論集『芸術の円光』刊。十二月、『日光』廃刊。

＊芥川龍之介、古泉千樫、徳富蘆花、死。

一九二八年（昭和三年）　**四十四歳**　四月、世田谷若林に転居。七月、大阪朝日新聞社の依嘱により九州太刀洗から大阪へ向かって芸術飛行。この時、郷里柳河を空から訪問。

＊『詩と詩論』創刊。若山牧水、死。

一九二九年（昭和四年）　**四十五歳**　三月末から満蒙旅行。四月、「明治大正詩史概観」を発表。八月、詩集『海豹と雲』刊。

＊日夏耿之介『明治大正詩史』。

一九三一年（昭和六年）　**四十七歳**　砧村大蔵西山野（現在、世田谷区）に転居。

＊満州事変勃発。

一九三二年（昭和七年）　**四十八歳**　十月、福士幸次郎、吉田一穂、大木惇夫らと季刊『新詩論』創刊。

＊上海事変。満州建国宣言。五・一五事件。

一九三三年（昭和八年）　**四十九歳**　十月、『鑑賞指導・児童自由詩集成』刊。

＊巌谷小波、宮沢賢治、死。

一九三四年（昭和九年）　**五十歳**　一月、『白秋全集』十八巻完結。四月、歌集『白南風』刊。夏、総督府の招きで台湾を巡遊。

＊中原中也『山羊の歌』。『四季』創刊。

一九三五年（昭和十年）　**五十一歳**　六月、多磨短歌会を結成、『多磨』を創刊。

＊『歴程』創刊。与謝野寛、死。

一九三六年（昭和十一年）　**五十二歳**　一月、砧村成城（現在、世田谷区）に転居。

＊鈴木三重吉、死。二・二六事件。

一九三七年（昭和十二年）　**五十三歳**　十一月、糖尿病および腎臓病による眼底出血のため、杏雲堂病院に入院。

＊中原中也、死。日支事変勃発。

一九三八年（昭和十三年）　**五十四歳**　一月、退院して自宅

で療養。視力衰える。五月、添削実例『鑕《かなしき》』刊。
一九三九年(昭和十四年)　**五十五歳**　視力いよいよ衰える。十一月、歌集『夢殿』刊。
一九四〇年(昭和十五年)　**五十六歳**　四月、杉並区阿佐ケ谷に転居。八月、歌集、『黒檜』刊。十月、詩集『新頌』刊。
　＊日独伊三国同盟。紀元二千六百年式典。
一九四一年(昭和十六年)　**五十七歳**　『白秋詩歌集』全八巻刊行。長編交声曲詩「海道東征」によって福岡日日新聞文化賞をうけ、授賞式出席をかねて、三月に帰郷。五月、芸術院会員に推される。病勢悪化。
　＊独ソ開戦。対米英宣戦布告。
一九四二年(昭和十七年)　**五十八歳**　二月、腎臓病、糖尿病急激に悪化し入院加療。四月からは自宅にもどり、病状昂進の中を激しい気力を振るいおこして、編集や創作に従事し、十一月二日午前七時五十分逝去。十二月多磨墓地に埋骨された。
　＊萩原朔太郎、佐藤惣之助、与謝野晶子、死。

〔**付記**〕年齢は数え年を用いた。単行書と雑誌は『　』、作品は「　」で示した。略年譜のため、おびただしい刊行書のうち省略したものも多い。なお、この作製にあたって、現在もっとも精細と思われる、北原隆太郎氏編「年譜・北原白秋」(昭40・3中央公論社刊『日本の文学17』所収)を主として参照した。

参考文献

『白秋研究』　木俣修　八雲書店　昭18・11
『白秋追憶』　前田夕暮　建文社　昭23・3
『回想の白秋』　北原篁子他　鳳文書林　昭23・6
『北原白秋』　木俣修　雄鶏社　昭25・11
『天馬のなげき』　大木惇夫　婦人画報社　昭26・11
『北原白秋』(日本文学アルバム)　野田宇太郎　筑摩書房　昭29・8
『白秋研究　I』　木俣修　新典書房　昭29・11
『白秋研究　II』　木俣修　新典書房　昭30・4
『桐の花研究』　今井福治郎　互陽社　昭30・4
『北原白秋』　木俣修　学燈社　昭31・3
『北原白秋の研究』　西本秋夫　新生社　昭40・12
『白秋のうた』　木俣修編　社会思想社　昭41・10
『北原白秋詩集』　木俣修鑑賞　講談社　昭44・2
「北原白秋」(『現代詩の鑑賞』上巻)

伊藤信吉　新潮文庫　昭27・6
「北原白秋」（『日本近代詩鑑賞』明治篇）
吉田精一　新潮文庫　昭28・6
「北原白秋」（『我が愛する詩人の伝記』）
室生犀星　中央公論社　昭33・12
「北原白秋」（『鑑賞現代詩』明治篇）
吉田精一　筑摩書房　昭36・11
「柳川」（『日本の文学都市』）
野田宇太郎　文林書房　昭36・12
「耽美派とその派の歌人白秋と勇」
（『現代短歌の源流』）
勝本清一郎他　短歌研究社　昭38・6
「白秋・短歌的原罪」（『日本の象徴詩人』）
窪田般弥　紀伊国屋新書　昭38・6
「北原白秋」（近代文学注釈大系『近代詩』）
関良一　有精堂　昭38・9
「北原白秋参考文献」（『日本現代文学全集』38）
河村政敏　講談社　昭38・11
「北原白秋」（『現代短歌評釈』）
和田繁二郎　学燈社　昭41・2
「北原白秋」（『近代短歌鑑賞集』）
田中順二　桜楓社　昭41・10
「北原白秋」（『現代詩評釈』）
村野四郎　学燈社　昭43・3
「北原白秋」（『読解講座　現代詩の鑑賞』1）
河村政敏　明治書院　昭43・6
「北原白秋」（『国文学』第13巻第8号）
新間進一　学燈社　昭43・6
「北原白秋」（『現代詩鑑賞講座』3）
村野四郎　角川書店　昭43・11

さくいん

【作　品】

印度更紗……一六〇・一六八・一八六・一八八
海　阪……八五・三一
絵草紙店……二六・四三
屋上庭園……四七・一四九
思ひ出……八・一六・三・二九・三二・四三・四八・五一・五六・一一七・一二四・一三六
海道東征……一〇五・一〇六・一八四
海豹と雲……三五・九〇・九七・一八四
からたちの花……一七
落葉松　三九・八〇・一六三・一七〇・一七五・一七九
帰去来……一〇六・一〇七
雲母集……六〇・六一・六四・六八・七二・二〇一
桐の花……二九・三一・五四・五六・一九四・一九七・二〇九
黒　檜……一〇五・二二四
渓流唱……九九・二二三
古代新頌……一八四・一八六
朱　欒……三九・五四・五六・一四七・一四九
城ヶ島の雨……六四
邪宗門……三・二八・三一・三六・四〇・四三・四五・四八・四九・一一六・一一八・一一九
白南風……九四・九八・一九〇・二二三
新　頌……一〇六
真珠抄……六八・一六一
新潮年譜……一五・一七・二四・二七・五四
水墨集……八〇・一七〇・一八八
雀の卵……六九・七八・二〇八
スバル……四七・五六・一四九・一九六
短歌の書……一〇〇・二二四
地上巡礼……六八・六九
橡……九九・一一四・二二三
東京景物詩及其他……四四・五四・一四九・一九五
日　光……八四・八九
白秋全集……二七・三四・九八・二〇一
畑の祭……一六〇・一六九
白金之独楽……三五・五九・六八・一六七
風隠集……二二一
文　庫……一八・二〇・二一・二三・二五・三五・四三
牡丹の木……二二五
水の構図……八・一〇九
明　星……一八・二五・二八・三四・三九・四〇・一三四・一七五
謀　叛……四〇・一三〇
雪と花火……一四九・一五六・一五九
夢　殿……九五・一〇五・二二三
梁塵秘抄……三五・六三・一六八・二〇六
林下の黙想……二三・二四
わが生ひたち…八・一〇・一四・五一・五四・五五・一二五・一三六・一三九・一四〇・一四四

【人　名】

石井業隆(外祖父)……三・一三・一九
石井柏亭……四一・四八
石川啄木……二八・三二・三六・四六
上田　敏……二八・三二・四六・四九・五〇
江口章子……七一・七二
大木篤夫(惇夫)……八二・九四・九九
大手拓次……五四・六八・一〇三
河井酔茗……二三・九四
蒲原有明……二八・三二・四九・一二八
北原長太郎(父)…一〇・二二・五五・六三
しげ(母) 一〇・二二・三三・五五・二〇八
鉄雄(弟)…一〇・一一・三三・六三・六九
隆太郎(子)……七七・二二一
篁子(子)……七
木下杢太郎……三二・三五・三六・四〇・四一・四五・四六・四七・四八・九四
木俣　修……三九・一七五・二一一・二二五
古泉千樫……八六・八九
斎藤茂吉……六三・六八・二〇三
佐藤キク……七七・一六九
鈴木三重吉……七四・七六
薄田泣菫……二八・三二・四九
高村光太郎……二四・四五・四六・五〇・五三
土岐善麿……二四・八九
長田秀雄…二四・二六・二八・四五・四六・四七
長田幹彦……二八・四六
萩原朔太郎……五二・六八・六九
平野万里……三一・三四・三五
前田夕暮……八一・八二・八四・八六
松下(福島)俊子…五六・五八・六六・七二
宮沢賢治……九九・一六八・一九八
室生犀星……四九・五二・六八
森　鷗外……三四・四七・四九・一九六
山本　鼎…一一・四一・四八・七二・七六・八三
山村暮鳥……五四・六八
与謝野晶子……二五・三一
与謝野　寛……二八・三四・三五・三九
吉井　勇……三一・三五・三六・四〇・四五・四六・四七
吉植庄亮……八六・八九・九〇
若山牧水……二四・五六

【事　項】

観潮楼歌会……三五・一九六・二〇三
紫煙草舎……七二・二〇九
新詩社……二八・三一・三八
パンの会……三一・四〇・四二・四三・四四

—— 完 ——

北原白秋■人と作品　　定価はカバーに表示

1969年6月15日　第1刷発行©
2017年9月10日　新装版第1刷発行©

・著　者　…………恩田逸夫《おんだいつお》
・発行者　…………渡部　哲治
・印刷所　…………法規書籍印刷株式会社
・発行所　…………株式会社　清水書院

〒102-0072　東京都千代田区飯田橋3-11-6
Tel・03(5213)7151～7
振替口座・00130-3-5283
http://www.shimizushoin.co.jp

検印省略
落丁本・乱丁本は
おとりかえします。

CenturyBooks

Printed in Japan
ISBN978-4-389-40116-0

Century Books

清水書院の〝センチュリーブックス〟発刊のことば

近年の科学技術の発達は、まことに目覚ましいものがあります。月世界への旅行も、近い将来のこととして、夢ではなくなりました。しかし、一方、人間性は疎外され、文化も、商品化されようとしていることも、否定できません。

いま、人間性の回復をはかり、先人の遺した偉大な文化を継承して、高貴な精神の城を守り、明日への創造に資することは、今世紀に生きる私たちの、重大な責務であると信じます。

私たちがここに、「センチュリーブックス」を刊行いたしますのは、人間形成期にある学生・生徒の諸君、職場にある若い世代に精神の糧を提供し、この責任の一端を果たしたいためであります。

ここに読者諸氏の豊かな人間性を讃えつつご愛読を願います。

一九六六年

SHIMIZU SHOIN